知晓天空之蓝的人啊

[日]额贺 澪/著

[日]超平和Busters/原作

千早/译

新 星 出 版 社 NEW STAR PRESS

目录

序章

来自某首歌里的传说。

犍陀罗。

那里,是任何梦想都能实现的地方,

是所有人都想抵达,却实在过于遥远的理想乡。

我——我们,一直寻找着,

任何梦想都能实现的地方。

第一章

1

“东京……”

升学就业指导室里安安静静。明明放学后的走廊那么喧闹，明明愉快的交谈声与笑声都传了过来，这里却依然安安静静。葵的声音仿佛被屋顶、地板以及堆得满满当当的书架吸收了一般。

“我要去东京。”

果然，老师盯着葵的升学就业调查表，神情有些诧异。老师的眼镜镜片也泛起白光，仿佛显露着他的困惑。

“相生……我知道地点了,但你不打算升学,对吧？打算就职？”

“一边打工，一边靠乐队夺取天下。”葵一只胳膊撑在桌子上，咬牙切齿一般逐字说道。

“乐队？”老师这才深深地皱起了眉头,“那成员呢？”

“我一个人。”

老师既没有发火，也没有叹息，这或许算是不错的情况了。老师拼命克制自己，不要表现出为难的表情，再次向葵抛出了一连串问题。听他的语气，似乎随时会说出“毕竟才高二，剩下的一年务必再考虑考虑”这样的话。葵看着从老师身后的书架上掉落下来的资料，心不在焉。

“算就职吧……”

最后，老师一边默念着一边在调查表上写起字来。笔尖划过纸张发出干涩的声音，似乎勾起了葵内心深处的焦躁情绪。

“好了，下一位。”

葵起身，拿起书包和贝斯琴箱。与此同时，老师叫下一位学生进来。

“大泷同学进来吧……”

推门进来的正是葵的同班同学大泷千佳。她指尖转着圈，摆弄那头不知道有没有染过的奇怪浅色头发，不经意地朝这边看，与葵四目相交。

葵一言不发地调整着贝斯琴箱在背上的位置，千佳便不由自主地往旁边站了站，让出了通向门的路。葵依旧沉默着，大步迈开迅速地离开了升学就业指导室。

“可怕的气压……”

葵清楚地听见了千佳的声音，却并没有回头。

“我要嫁人！”

就在那扇门关上之际，千佳如此说道。那声音就像甜腻的碳酸果汁。若是喝下去，砂糖都会粘在牙齿上。

“不过，现在暂时没有对象……”

想必此刻老师露出了听到葵说“靠乐队夺取天下”时的表情吧。虽然葵祈祷老师别把她想得和千佳一样，但对于老师来说，她们一定是一样的。毫无疑问，老师也会在她的调查表上写下“就职”二字。

葵没有和任何人交谈，在玄关换好了鞋子。

放学后的学校非常喧闹，葵听见操场上传来运动部的呼喊声，也听见吹奏乐部的合奏与合唱部的歌声。就连排列在鞋柜里的那些各式各样的鞋后跟，看上去都十分愉悦。

“唉……完全不理会我的心情。”葵差点如此说道。

她走出教学楼，就看见一辆象牙色的吉姆尼汽车正合时宜地从大门开了进来。葵的姐姐茜正在驾驶座上朝她挥手。

“和老师聊完未来方向啦，辛苦了……”

车门打开的瞬间，茜的头发轻飘飘地晃了晃，她朝葵笑了起来。

或许是因为茜戴着圆圆的眼镜，她的表情看上去总是又温柔又平静，与刚才那位交谈的老师冰冷的眼镜完全相反。

回想起老师阴沉的表情，葵一声不吭地坐在了副驾驶座上。

“接近年末，市政府越来越忙了。下个月，我应该不能来接你了。”

刚离开学校，葵就听见茜说出这样的话，不由自主地发出了一声哀号。

“从家里步行到学校，一个小时都绰绰有余了。”

茜在市政府的市民生活科工作，三十一岁，擅长料理，能完美地应付一切家务事，并且是单身。

“好了，这么美的季节，欣赏着红叶登山多幸福啊。”

车子因为红灯停了下来。葵漫不经心地抬起头，只见周边人家的院子里，树木已经渐次染上了红色。秋天来了。明明不久前积雨云还矗立在这片天空中，转眼季节就完全切换到了秋天。

再过不久，高二就要结束了。高中生活的最后一年正一分一秒地逼近。

信号灯变成绿色。载着两人的车子穿过市区，朝着染成了红色、黄色和褐色的斑驳山峦加速开去。

“啊……大山真可恨啊。”葵脱掉鞋子，抱起膝盖蜷缩在驾驶座上，额头抵在膝盖之间来回磨蹭，随即紧盯着逐渐逼近的大山。遍布红叶的树木、岿然不动的山峦，都是如此可恨。

她之所以会产生这种感觉，并不只是因为徒步上学很麻烦。

“盆地啊，说到底，困在这里和被困在围墙里没什么分别吧……”

葵生活在秩父市，这里是四周被山环绕的盆地。夏天不会过于潮湿，算是宜居之地，但炎热丝毫不减。此外，冬天的严寒非常难挨。

前后左右都是大山，渲染着秋色的山脉连绵起伏。不越过大山的话，哪里也去不了。

“我们……其实被困在巨大的监牢里了。”

“出现了！葵的中二情结！”

瞥见茜扑哧扑哧笑起来的侧脸，葵赌气地鼓起脸颊。茜的笑声并未因此停下来。

“随你怎么说吧。总之，我会离开这里的。”

葵闷闷不乐地望向窗外。车子正行驶在横跨荒川的佐久良桥上。荒川由南向北穿过市内，一直流淌至东京湾。

——我们正是被困在这样的监牢里。我们明知道这里与东京——与外面的世界相连着，却只能望着荒川，长久地困在这里。

茜看向了葵，似乎想说什么，稍稍眯起眼睛的脸庞映在了车窗上。葵仍旧抱着膝盖，装作没有注意到。

“咦？”

刚驶上通往家里的山路，茜就忽然停下车来。

伫立于坡道旁的某户人家前，停着一辆面包车。几位相识的阿姨正往那辆面包车的后备厢里堆积物品。

“你们好啊。”茜摇下车窗，亲切地打了一声招呼。那边的人也闻声看了过来，笑着回应道：“欢迎回来。”

“你们在做什么呢？”

“今晚的集会，正道召集太多人了，结果发现坐垫和桌子都不够，这才来山口家借啊。”

阿姨们说着，示意了一下手里抱着的坐垫，茜见状立刻下了车。

“啊，我也来帮忙。快，葵也过来。”

葵看见茜向她招手，含含糊糊地应了一声，穿上了鞋。她照着吩咐从附近这户人家中搬出了坐垫。将厚重老旧的坐垫抱在怀里时，会嗅到灰尘和霉菌混合在一起的难闻味道。公民馆里时常会召开这一带的地方集会，不过这次召集到需要这么多坐垫的人，想必是打算商量什么事吧。

“不好意思啊，你们正要回家吧。”

茜将折叠桌塞进面包车的后备厢，和一位阿姨愉快地聊起天。

“没关系，我也要参加集会呢。”

“对了，小茜，你要吃梨子吗？”

“咦？当然要，当然要！”

葵估摸着今晚的甜品里大概要出现梨子了。就在这时，她突然听见身后有人正在和她搭话。

“真是一个好姐姐啊。”

只见一位抱着坐垫的阿姨，正满脸欣慰地注视着茜。

“真的，你有一位好姐姐啊……”

她微微眯着眼睛，仿佛注视着自己的女儿一般。

“要感恩啊，小葵……”

然后，她朝葵笑了笑便走开了。明明那个背影看上去没有任何恶意，却让葵的心里感到了一阵寒意。

葵比任何人都清楚茜是一位好姐姐。毕竟，自从父母在车祸中丧生，茜就一直照顾着葵。当时茜还是高中生，每天都要为年幼的葵做饭。后来，她开车接送成为高中生的葵，担心着宣称高中毕业后要去东京的葵。这一切，都来自茜。这些原本属于父母的责任，全部由茜背负着。

葵听见了茜的笑声，她似乎一边和阿姨们聊着什么开心事，一边走向这边搬剩余的坐垫。

葵知道应该感恩，也能理解周围的人会忍不住提醒她要感恩。她明明心里都清楚，却忍不住想将这句来自周遭的“要感恩啊”拍到一边。这份心情，就连葵自己都无从命名。

多亏大家齐心协力地搬运，总算在夜晚的集会之前备齐了一切。来自居民会的五十余人，将公民馆宽敞的和室挤得满满当当，嘈杂的声音一直传到走廊上。这次聚集了比平时多一倍的人。

葵将冒着热气的茶倒入杯中，再将茶杯排列在托盘上，端着托盘进入和室，茜便从她手里接过，一杯一杯地递给大家。茜会愉快地和每位接茶的人交谈，因此每次递茶时，她都笑得肩膀一颤一颤。哪怕是无聊的家长里短，她也会笑起来，真想不通究竟是哪里好笑。

和室的尽头摆放着一张白板，上面写着“第一届音乐之都庆典”这几个大大的字。看来，就是为了这个活动才召集了这么多人。

“哎呀，果然啊，味噌土豆的摊位也需要考虑一些口味上的变化，比如在味噌里加入柚子、辣椒粉之类的东西。”

白板旁的中村正道，正对着一群年长的大叔激情演讲。即使在一片嘈杂中，也能清楚地听见他的声音。他与茜同样是三十一岁，就职于市政府观光科。顺便一提，他还是茜高中的同级生。再往细说，他离过一次婚。

某人向正道提问道：“但是啊……这些真的能吸引人来吗？”

穿着秩父市政府夹克衫的正道，张开嘴巴扯着嗓子喊道：

“说什么丧气话呢，大叔！这一带观光客都快被城里抢光了吧，就该使出全力一击，拼上去争夺才行！”

正道故意起身挥了挥拳头。和室内本就喧嚣不已，汇聚起的热量自然而然地朝他涌了过去。居民会的成员们纷纷将注意力转向了正道、白板，以及分发到手上的资料。

“喂，若不把握住机会的话，损失可就大了。难得观光科的小正道疏通了这些关系嘛。”正道身旁的男人用歌唱般的腔调如此说道，周围的大叔们也跟着表示有道理。

正道确实有这样的能力。他虽然不是特别擅长鼓动人们或主导某些事，但总是以暴风雨一样的气势说着“做这个吧”“让我们试试吧”这样的话，周围的人都会不知不觉地被他带动起来。

看着那样的正道，正忙着来回递茶的茜微微地笑了起来。

“没错没错，市政府的人们也在传，听说没少动用这个噢！”茜用大拇指和食指在胸口前比了个圆，做出钱的手势向周围示意，脸上浮现出恶作剧的笑容。

“别瞎说啊，茜！”正道慌慌张张地挺身解释。

“什么嘛，原来是假的啊？”

“应该花了不少钱吧？”

周围的议论声此起彼伏，正道再次提高音量辩解道：

“没有那回事！”

葵一言不发地走出了和室。明明没有开暖气，和室里却十分闷热，实在是让心情郁闷的温度。

她回到厨房，发现灶台上的水壶正啪嗒啪嗒地响着。正嗣坐在水槽旁的地板上摆弄手机，似乎正沉迷着某个中意的游戏。

中村正嗣是正道家的独子，虽然才上小学五年级，但长相已经和父亲相似到令人发笑的程度了。

正道一行人仍在讨论，声音从那间和室一直传了过来。

“不仅要从外面请来歌手和乐队，更重要的是调动当地人都参与进来……”

听起来，他们似乎要把所谓的音乐之都庆典办成相当盛大的活动，好像会邀请上过红白歌会（**注：日本放送协会自1951年起每年播出一次的音乐特别节目**）的知名演歌（**注：日本大众歌曲体裁之一**）歌手，那名歌手甚至会为这片土地写歌，真是越听越夸张了。随即又接连响起“已经发出邀请了吗”“快没时间准备了吧”这些声音。

看来已经动用不少钱了，说不定也只是玩笑话。

“小葵也加入看看？”

葵关上灶台的火，忽然听见正嗣的询问。他的视线并未离开游戏，左右手指不慌不忙地操作着。

“被用于地方振兴，那根本不能称作‘音乐’了吧。”

葵一边将煮沸的热水倒进保温瓶，一边如此回答。她回想起和室里的闷热空气，仿佛已经置身其中。

“无法乐在音中，就连音符都会诉苦，应该写成‘音苦’吧。”

“你刚刚或许自以为说了一句很帅的话，但其实一点儿都不帅。”正嗣用平静的语气说出了相当狂妄的话。葵看着正嗣紧盯手机的模样，鼻子轻轻地哼了一声，将水壶放回了灶台。金属与金属接触时的尖锐声音在厨房里回响着，比想象中的更加刺耳。

姗姗来迟的恼怒一下子涌上心头。老师那句“算就职吧”、千佳那句“可怕的气压”、街坊阿姨那句“要感恩啊”，全部涌上了心头。

葵的嘴角使劲地抽搐了一下，双手一把捧住正埋头玩游戏的正嗣，毫不留情地在他双鬓处一顿猛搓。

“好痛，好痛，好痛！”正嗣发出悲鸣，双脚吧嗒吧嗒地在地面上挣扎。

“总之，这个地方会因为音乐获得新生！”

即使如此，葵还是听见了正道的声音。她在心底恶狠狠地呐喊道:要是能获得新生就尽管去起死回生吧。

转眼都过了晚上七点，有关庆典的讨论仍在热烈地进行着，简直已经是宴会的氛围了。

玄关处摆放着大量鞋子，葵与正嗣在那里换好鞋，一起走出了公民馆。

“葵、嗣！”

听见身后来自正道的呼唤，两人停下脚步回过头，看见正道出现在玄关，慌慌张张地换上鞋，跑了过来。

“啊，今天也……也要去祠堂练习吗？”

正道咯吱咯吱地挠着腹部，听起来似乎有些难以开口。

“嗯。”

“那你要在九点前结束呀。你弹的贝斯，低音似乎总能传过来，听上去实在不吉利啊。”正道瞥了一眼葵背在身后的贝斯，明知失礼还是说出了这样的话。葵觉得直接反驳也很恼火，想都没想就用脚后跟向他踢了过去。

她刚往前走了一两步，又听见正道缓缓地说道:

“我家可是有隔音室的。”

“你说什么？”葵再次回过头，这次正道焦躁地挠起了后脑勺。

他抿着嘴，嘴角失落地朝下，脸颊泛起了一丝红晕，即使身处昏暗的夜色中也能看出来。

“你不想要姐夫吗？”

正道仿佛将一颗球轻飘飘地抛了过来。显然，葵不是连这种话都听不懂的笨蛋。毕竟，她已经不是小孩子了。

简而言之，正道指的就是他和茜结婚的事情。

即使如此，葵也只能回应道：“什么？”

“爸爸，不要忽然问得这么深入啊……”正嗣说着，耸了耸肩，一时间让人疑惑究竟谁是儿子谁才是父亲。

葵深深地吸一口气。她又不是集会上的那群大叔，怎么可能跟着正道起哄，支持他的想法。

“再怎么样，我也不可能把她托付给离过一次婚的人。”

葵直白地表达了心声。或许被“离过一次婚”这句话刺痛了，正道不甘心地跺了跺脚。

“我可是遭受对方出轨的受害者！那是清清白白、堂堂正正的离婚史！”

“谁知道啊？”

——什么叫清清白白、堂堂正正的离婚史？说到底，这不是该在亲生儿子面前说的话吧？

葵悄悄瞥了一眼正嗣，只见他一脸无话可说的表情，跟在了葵的身后。

“啊，听我说嘛，葵……”

正道仍在说着什么，葵不再理会继续往前走，漫不经心地回应道:“嗯？”

然而，接下来，葵听见的那句话——那个名字，却让她不由自主地驻足了。

“你还记得慎之吗？”

葵听见这个令她怀念的名字，连小腿肚都随之发硬。接着，某种奇妙的紧张感由小腿肚向全身扩散起来。

“哎呀……我不太记得了，怎么了？”

葵如此回答，依然没有转身，其实是因为无法转身。

“噢，没什么……不记得就算了。”

正道再次嘱咐她要在九点前结束练习，然后便返回了公民馆。葵轻轻地发出了一声哼气。

葵想通过那声哼气告诉正道，她不记得，也没有什么兴趣。

2

在葵生活的这个山间城镇的某个角落里，有一座老旧的祠堂。从公民馆步行几分钟即可抵达，是一个包裹着绿意的安静地方。

然而，这个地方曾经每天都十分热闹。那时葵尚且年幼，只有三四岁，茜也还是高中生。

当时的祠堂，是慎之——金室慎之介、茜、正道、番场以及阿保这几位高中生的乐园。

这五个人是同一所高中的同级生，除茜之外的四个人还组建了一支乐队。慎之是吉他手，阿保是贝斯手，正道是鼓手，番场是主唱。他们四个人甚至在市内的音乐酒吧演出过好几次。

葵之所以知道这些，是因为茜带着她去看过好几次。音乐酒吧里很闷热，色彩斑斓的灯光照亮了他们的脸和手。观众其实来了不少，现在回想起来，当时似乎称得上是小有名气。

他们的练习室就是这座祠堂。

说起来，茜经常会捏好饭团带来祠堂犒劳他们。葵也经常跟随着高中时的茜来到祠堂。祠堂里有一个小小的地炉，葵总是和茜坐在那一旁，看着他们练习吉他和架子鼓。

在葵的心中，她一直把自己视作乐队的第五个人。

当时，慎之与茜正在交往。葵从没听说过他们是怎么开始交往的。不过，不知为何，她总觉得应该是慎之喜欢上了茜，于是他使劲儿地奏乐，茜被逗得哈哈大笑，然后就答应他了。

这种画面，很容易就能想象出来。

慎之喜欢吃金枪鱼蛋黄酱饭团，但茜捏的总是海带饭团。佃煮**（注：一种传统日本家庭式烹调方式）**海带上撒些许芝麻，配合雪白的米饭非常美味。葵很喜欢吸收米饭的水分后变柔软的烤海苔与味道浓郁的海带。

慎之吃茜带来的饭团时，总是脸颊鼓动着咀嚼，然后耸耸肩，含糊不清地哀叹“愿望落空，又是海带”。

“今天全部是海带。”茜调皮地笑着，将葵抱在膝盖上。

“咦？为什么啊，茜？我应该说了一万遍我喜欢金枪鱼蛋黄酱饭团啊！”

茜将目光从大叫的慎之身上移开，看向了葵。

“我喜欢海带。”葵说着，吃了一大口茜捏的饭团，茜便开心地笑了起来，总是如此。

“输给葵了啊。”正道一边吃饭团，一边说道，随即他身后的番场和阿保也看向慎之，跟着起哄。

“啊，果然，是海带啊。”

“就算说了一万遍也还是输了。”

“吵死了，快点，要练习了！”

慎之嘴边还叼着饭团，手上就架好了吉他。阳光从祠堂外照射进来，洒在吉他上闪耀着光彩。那是一把吉普森火鸟电吉他，被冠以一个有些羞耻的名字——“茜Special”。

“咦？我还没吃完啊……”

番场抱怨道。然而，率先站起来的慎之对此发出极为响亮的回应：“快吃，我的‘茜Special’可是要喷火了！”

那是男高中生特有的低沉声音，却听起来非常清亮，在祠堂中不断回响。慎之不是主唱，可是不知为何，他的声音总是格外深刻地印记在葵的耳朵里。

像是被引诱了一般，葵说出了内心深处的声音：

“我也想……”

茜最先看向了葵，接着慎之也看了过来，那双明亮的眼眸将葵牢牢抓住。

“也想弹……”

“哦？”慎之目不转睛地看着葵，双眼熠熠生辉，示意般地朝葵举起了吉他。

“那我就教你弹吉他吧。”

那把名为“茜Special”的吉他是慎之的。

“唔……”

看着葵默默地摇了摇头，慎之皱起了眉头。

“咦？那你想弹什么？”

葵的手自然而然地指向了阿保。阿保歪了歪头，随即看向自己手里的贝斯。

“咦，真的假的？小葵，你该不是喜欢我吧？”

不是，才不是那样——葵想要辩解，话却在喉咙里发生了追尾事故。她险些握不稳饭团，慌慌张张地用双手抓紧。

慎之看着那样的葵，得意地笑着说道：“那等你长大了，就是我们的贝斯手了！”

葵看着慎之露出的白白的牙齿，忽然说不出任何话。阿保追问道：“喂！那我算什么啊？”

茜悄悄地贴近葵的脸庞，说道：“太好了，葵！”

葵的鼻息还很慌乱，她点了点头，然后一遍又一遍地点头。

“阿保负责和声也不错吧？”

“你说什么？”

正道和番场在一旁嘻嘻哈哈地听着慎之和阿保打诨。

忽然，慎之的目光扫过，看向了这边。他不是看向葵，而是看向了茜。茜也注视着他，微笑着凝望他，眼神温柔又可爱。

慎之回应着茜的眼神，朝她笑了笑。

“喂喂，不是要练习吗？”担任鼓手的正道敲了敲鼓棒，坐回了鼓手的小凳子上。

“从哪首歌练起？”番场朝慎之问道。慎之思考了一下，再次看向了茜，带着温和的声音如此问道：“茜说呢？”

“那首歌！”

茜的长发随着她的回答轻轻晃动。阿保、番场和正道同时露出了一副“又来了”的表情，慎之却大喊着“来喽”，然后架好了吉他。

“准备开始了，阿道！”

“知道了，知道了。”

正道在脸颊旁挥了挥鼓棒，坐正身子，余光扫过铜钹。一瞬间，他握紧了鼓棒，眼神变得非常认真。

茜所说的“那首歌”是《Gandhara》，即古印度时期的理想乡犍陀罗。那首歌所唱的就是这个传说中能实现任何梦想的地方。

那是一首渴望从当下所在的地方踏上旅途的歌，是祝福自己未来的歌。

——啊……糟糕，回忆不断涌现出来了。

夜晚的祠堂即使开着灯也很昏暗。葵弹奏着贝斯，试图用自己的歌声将曾经在这里发生过的对话和回荡过的歌曲通通赶跑。

葵双腿交叠，盘坐在一张户外休闲椅上，然后将贝斯架在膝盖上，唱起歌来。那是来自“民谣十字军乐队”的《悲伤到无法承受》。

这首歌表达了深藏内心无法承受的情愫与悲伤，与葵此刻的心境刚好契合。她用拨片撩动着贝斯的琴弦，将高昂的歌声融入那低沉的琴声中。

然而，葵的唱腔里始终夹杂着某种焦躁的情绪，一定是因为刚才在公民馆时听到正道说了那种话。不仅如此，说到底，葵回想起慎之也是因为正道提起了他的名字。

“刚才我爸爸啊……”

守在祠堂角落玩游戏的正嗣忽然和葵搭话了。葵装作没听见继续唱歌，正嗣便将目光从手机上移开，抬起了头。

“我也不赞成的。”正嗣皱着眉头，加重了语气，“不过啊，他其实也……”

“别在这个地方说这件事。”

葵不再唱歌，直截了当地打断了他的话。

这个地方已经听不见慎之的声音和他弹的吉他了，茜也可能会和正道结婚。这些事情，葵实在连想都不愿意想。

“在其他地方就可以说吗？”

“虽然我也不想听，但总比在这里听要好。”

祠堂的角落里堆积着纸箱，正道当年敲的架子鼓还被遗弃在这里。葵此刻坐着的这张户外休闲椅，也是慎之他们搬过来的。

堆积成山的纸箱背后，还藏着一把吉他。

那是慎之的吉他。那把“茜Special”被胶带缠了一圈又一圈，沉睡在琴箱里。

葵说想弹贝斯，慎之果真将弹奏的方式教给了她。

对于葵小小的身体而言，贝斯实在过于巨大，葵光是摁住四根弦都费了好大劲儿。

“不对不对，要更用力摁住弦才行。”慎之总是如此提醒葵，即使如此，他也不厌其烦地陪伴葵进行练习。茜总会守在一旁，无论何时，慎之的身旁都会放着那把“茜Special”。

然而，慎之抛下“茜Special”，离开了这个小镇。

3

“那是什么意思啊？”

葵坐在茜的吉姆尼汽车的副驾驶座，毫不掩饰地叹了一口气。她将胳膊架在车窗边，眯着眼看向茜。

昨天集会讨论的音乐之都庆典，最终似乎采纳了正道的提议，要相当隆重地操办起来。举办时间定在十一月四日，也就是文化之日（**注：日本的公众假日**）的补休假。说是要在连休的最后一天，让著名演歌歌手的歌声轰动大街小巷。

“话说，茜姐不是观光科的人吧，为什么要帮阿道呢？”

这次活动原本以在市政府观光科工作的正道为中心展开准备工

作，但不知出于什么缘由，隶属市民生活科的茜也被委派为正道的助手。

“嗯……听说，是他本人拜托的。市民生活科的领导也同意了。”

茜握着方向盘，脸上浮现出苦笑。正道那句“你不想要姐夫吗”忽然环绕在葵的耳畔。

“什么姐夫啊，这个离过一次婚的男人……”葵用全力抑制着想要如此大喊的冲动。正道特地拜托茜做他的助手，那点小心思简直一目了然。

“茜姐，阿道喜欢你啊，你知道的吧？”

正道没有那么机灵。他不是那种在茜的面前能高明地隐藏爱慕之情的男人。

“嗯……我当然知道。”

车子驶进了山路。后座上，茜的提包、葵的贝斯，以及超市购物袋都一震一震地颠簸着。

“别再做让人浮想联翩的事情了。”

“毕竟是青梅竹马，工作也在同一个地方。在人与人之间的交往中，很多事情即使无意间察觉了，也不能直接说出口，这可是大人的礼仪。”

车子在十字路口处向左转，缓缓地开入相生家的庭院。茜的脸上浮现起为难的笑容。

从很久前，茜就经常露出这种表情。父母去世后，她和葵相依为命，开始在为难与悲伤的表情上，掩饰起一层又一层淡淡的微笑。

“大人真无趣。”葵说着，推开了副驾驶座的车门。明知道说出这种话等同于大声坦白自己还是一个小孩，她还是忍不住说了出来。

“先不说这些事了……”

葵正打算拉开后座车门取出贝斯时，茜下了车，朝她的方向看了过来。

“再考虑一次看看吧？”茜脸上依旧是柔和的神情，稍稍歪过头地询问道。

“什么？”葵故意装作没听懂。

其实她非常清楚，茜要她再考虑一下什么。

“继续升学。反正，你也可以边上学边进行乐队活动嘛。”

葵从后座取出装着贝斯的琴箱，随即关上了门。只听砰的一声闷响，车窗上倒映着她不愉快的表情。

葵的左眼上有一颗痣，既不在眼周也不在眼睛上方，而是在眼球上。她的眼白上有着一个鲜明的黑点。

此刻就连那颗痣，也不耐烦地扭到了一边。

“我已经决定了。你也和我约定过不再试探我，对吧？”

葵提了提肩上的贝斯，小跑着远离了车子。

“嗯。”茜点了点头。

“别违背约定。”

葵的声音夹杂在弥漫着落叶气味的风中。

“我去练习了。”葵冷淡地说着，朝祠堂走去。她不知道如果转身时发现茜仍然看着她，自己该报以怎样的表情。于是，她决定不转身，一心看着前方。

风里似乎夹杂着不少尘埃，拂在脸上涩涩的。葵的左眼产生了异物感，她便伸手擦了起来，擦了一次还是不舒服，又擦了第二次、第三次。

慎之——金室慎之介也有一颗相同的痣。他的左眼球里，有着一颗清楚的黑色小痣。这件事，是过去慎之教葵弹贝斯的时候发现的。他发现自己和葵有一颗相同的痣。

“葵，你这家伙，仔细一看原来眼球上有颗痣啊。”慎之凑近注视着葵稚气的脸庞，指了指自己的左眼，“和我一样！”

葵得知慎之与自己拥有一颗相同的痣，那一瞬间的心情是非常奇妙的。

她的胸口一带都变得轻飘飘的，一股暖意徐徐地蔓延开来。这并不是单纯因为与他人拥有相同特征而欣喜不已的心情，而是更为复杂的、连葵也无法名状的情绪。

“听说眼球上有痣的人会成为大人物噢，我们就是眼瞳之星！”

果然，简而言之，这份心情就叫作欣喜，是包含各种感情的、复杂的“欣喜”。

欣喜之情涌了上来，葵不禁复述起慎之的话：“眼瞳之星！”

葵指着自己的左眼，尾音在空气中跳跃。一旁的茜扑哧一笑，问道：“怎么取名的啊？这名字太古怪了吧？”慎之扯着嗓子辩解道：“哪里有？这名字很帅吧？”

超帅——葵心想着。

眼瞳之星——那是浮现在葵与慎之眼球上小小的、小小的星之证明。

从家到祠堂是十几分钟的距离，但不知何时，太阳有一半已经隐藏在山的另一边。浸染天空的橙色，被带着蓝调的紫色一点一点地侵蚀着。这个四面环山的小镇，仿佛被逐渐盖上盖子一般。

葵粗暴地推开祠堂的门，甩开了鞋子。只见右脚的鞋子飞出很远，她心想只要回去时捡回来就好了。

她取出贝斯，把琴箱随意地丢在一边，然后将背带挂在肩膀上，绑定贝斯，不耐烦地插上了音响。音响的音量也被扭到了最大。

在空无一人的祠堂里，空气冷得刺骨。寒意由指尖向葵的全身渗透，葵来回摩擦着右手食指与大拇指。

她深深地吸了一口气，然后举起右手，往下拨动琴弦，像是敲击指尖一般弹奏起来，仿佛全身伴随着贝斯一起发出声音。

她听见了茜刚才说的话。即使混杂着如此激烈的贝斯声，茜的声音也仍然清晰地萦绕耳际。

“再考虑一次看看吧？”

与此同时，她还听见正道的那句“你不想要姐夫吗”、街坊阿姨的那句“要感恩啊”，以及老师的那句“算就职吧”。

葵感觉自己仿佛渐渐沉入了水底。为了呼吸到空气，她拼尽全力地划动水面。她挣扎着拨响了贝斯，试图以此反抗。

如此想着之时，葵感觉呼吸真的开始变得困难了。于是，她张大嘴巴吸入空气。就在这时——

“吵死了！”

一声怒吼打断了贝斯的声音。葵颤抖着肩膀，缓缓地朝声音的方向转了过去，脖子仿佛快要发出脱臼的声音。

“突然弹什么贝斯啊？旋律和节奏都让人难受……”

葵经常用的那张户外休闲椅上，坐着一个男生。只见他身穿着葵所属高中的立领校服，膝上抱着一把吉他，是那把用胶带缠了一圈又一圈、本应封印着的“茜Special”。

葵对这个男生无比熟悉。

只见他皱着眉头，批评着葵的演奏。他的脚尖不耐烦地在祠堂的地板上抖动着，黑亮而陈旧的木纹地板随之咚咚作响。

“为什么……”葵好不容易才从喉咙里发出了声音。祠堂外天色渐晚，窗户投射进来的光亮也越发昏暗。

即使如此，葵还是将他的模样、脸庞以及眼睛看得清清楚楚。隐隐约约的落日余晖勾勒出他的轮廓。

他有着一双明亮的眼睛，瞳孔如同被细心打磨过的宝石一般。不过他的左眼里有一颗痣。既不在眼周也不在眼睛上方，而是在眼球里的眼白部分，浮现着一个鲜明的黑点，和葵一样。

“谁？”

他依旧坐在椅子上，抬起头来看向葵。葵愣愣地吞了吞口水。

这个人曾经对葵说道“我们就是眼瞳之星”。

“慎之？”

拥有眼瞳之星的慎之，此刻出现在了葵的眼前。明明已经过去了十三年，明明葵已经上高二了，明明三十一岁的茜和正道都在市政府工作了，明明一切都成了往事，当年的他却出现在了眼前。

“啊啊！”

眼前的慎之忽然伸手指向了葵。葵刚觉得慎之的神情有些严肃，他便露出了得意的笑容。

“那不是我们学校的校服吗？难道你是我的粉丝？”他得意扬扬地伸来了右手，“要握个手吗？”

葵看着这只在眼前张开的手，不管怎么看，那都是慎之的手掌。她呆呆地将贝斯从肩膀上取下。没错，慎之就是这样的。他是个容易得意忘形的家伙，有点笨，却非常率真。那时候因为年龄差，这些特质在葵的眼里都很帅气。

葵将贝斯立在音响旁，喘了一口气。她轻轻吸气，再屏住呼吸，朝祠堂的大门跑了起来。

“咦？”

葵无视困惑不已的慎之，在祠堂外用力地关上门。她双手按在门把手上，总算再次恢复了呼吸。吸气，呼气，吸气，呼气……她反反复复地呼吸着，发现自己不知何时出了一身冷汗。

葵擦了擦汗，一点一点地推开能悄悄往里张望的小空隙。

“果然，是慎之……”

慎之仍然在那里。无论她眨多少次眼，揉多少次眼睛，看见的都是慎之。

仍旧是高中生的金室慎之介就在那里。不知是不是惊讶于葵的忽然出逃，他一屁股摔在了地上。

“都说了我就是我啊。不过，你是谁啊？”

慎之站起身，向前迈了一步，朝这边走近了。他一步又一步地走了过来。葵不禁叫了一声，随即不断大叫着往后退。

“茜……茜姐啊啊啊——”

她用尽全力关上了门，一边默念“拜托了，别打开别打开”，一边慌慌张张地穿上被甩在一边的鞋子，跑了起来。

“等等……喂！”慎之的呼喊声从身后传来。葵不顾一切地奔跑着，双脚发出啪嗒啪嗒的声音。“茜姐——”她的叫声回荡在昏沉的夜空下，消散在树木包围着的这条幽暗小路上。

“喂，你先别跑……”

慎之的声音不自然地中断了，随即传来扑通一声闷响。葵战战兢兢地回头看了看，不知为何，他仿佛被粘在祠堂的出入口一般只能紧紧盯着她。门明明开着，他却像被一堵透明的墙拦住了一样，看上去手足无措。

“放我出去啊——”

他的怒吼分外响亮。葵不禁抱着头，尖叫着朝家的方向加速奔跑，同时诧异着自己竟然能跑这么快。

“茜……茜姐！”

葵将鞋子随意地甩在玄关处，直接冲进厨房。

茜哼着歌，手伸在钵盆里揉着肉末。

——今天是吃炸肉饼呢，还是汉堡肉呢？真希望是炸肉饼啊。

葵在大脑的某个角落冒出了如此的念头。

“奇怪？练习结束了吗？今天做的是葵最爱吃的炸肉……”

“慎……慎之他……”

葵大喊着打断了茜的话。那双揉着肉末的手瞬间停下来了——确确实实停下来了。

茜缓缓地看了过来，灯光照射在她的眼镜上，反射起黯淡又锐利的光芒。

“慎之怎么了吗？”

明明葵跑来的时候一直狼狈地叫着“茜姐茜姐”，此刻话却哽在了喉咙。

茜一听见慎之的名字就呆住了，葵怎么可能对她说自己亲眼看见慎之在祠堂里，以高中生的模样出现了。

“啊，没事……对了，我练习时忽然想起了他，有点在意他最近怎么样了……仅此而已。”葵如此回答道，视线悄悄地飘至茜以外的地方。她紧张地扫过冰箱门上用磁石固定着的超市特价传单、墙上张贴的垃圾回收日一览表，以及滤水台上倒放着的饭碗和杯子。

“毕竟一直没有联系了。”茜的手又不慌不忙地揉起了肉末。她将碎肉、洋葱末与面粉揉在一起，听上去湿润又黏稠。

在这样的声音之间，茜仿佛轻轻叹气一般笑了起来。

“我连他是死是活都不知道。”

茜轻描淡写地说道。不知为何，她的侧脸萦绕着一股眷恋而失落的气息。

“喂——”

就在这时，玄关处传来一声呼喊，逐渐接近的脚步声随之传来。

“玄关就那么敞开着，真是马虎啊……”正道出现在了餐厅。

“阿道？”

仿佛要盖住茜的声音似的，正道猛地看了过来。

“你们俩还在干什么？”

“什么‘干什么’？”

葵悄悄地瞥了一眼茜，只见她朝正道张开沾满肉末的双手。

“准备……晚餐。”

“现在不是做这种事的时候吧？”正道跺起了脚。

“什么？”

茜不客气地回应了一声，正道却丝毫不在意，再次提高音量说道：“活动支援啊！”

“这个我倒是知道……”茜一脸困惑地歪了歪头，这回轮到正道诧异了。

“咦？我没说过是今天的事吗？”

“今天？”

“哎呀，总之你先别问了，快跟我来！”正道丝毫不在意自己忘记告知茜的过失，招手催促着“快点快点”，走出了客厅。

葵看着茜无可奈何地洗起了手，正打算目送她离开时，正道走了回来，再次发出聒噪的声音：

“葵，你也过来！”

这下连葵也被牵连了。

4

正道开车载着茜与葵到达西武秩父站。指针划过七点半，周围已经完全黑了下来。红箭号特快列车驶入散发着朦胧光芒的站台。环绕灰色车体的红色涂漆线，在暗处清晰地浮现着。

“等老师一出现你们就立即打开！要朝气蓬勃、出其不意！”

正道伫立在车站前的枢纽处，得意扬扬地指挥着。载着乘客的出租车在他的身后穿行着。

正道找来了葵、茜和正嗣，加上他自己一共四个人。他们拿着一条折叠着的巨大横幅，在这昏暗的枢纽处等待着某位人物的到来。

不断有人从车站检票口走出来。身穿正装的上班族们注意到手持横幅的他们，一脸疑惑地走过。

“爸爸，你昨天熬夜就做了这个啊……”

正嗣难以置信地问道，顺势叹了一口气。葵等得有些不耐烦了，索性咬了一大口从便利店买来的味噌土豆，发出哼哼的鼻音。炸成天妇罗的土豆串散发出味噌酱的浓郁香味。

葵身旁的茜也露出束手无策的表情，跟着大口咬起味噌土豆，把脸颊塞得鼓鼓的。令她无奈的究竟是正道，还是愤愤不平的葵呢？

“喂，别把味噌弄到横幅上啊。”

葵听见正道的抱怨，却装作没听见，心想现在才不是做这种事的时候……

“不过，为什么今天就来呢？活动应该是在一周后吧？”茜询问道。

葵一行人等待着的某位人物，就是即将出席音乐之都庆典的著名演歌歌手。一提起新渡户团吉这个名字，即使是葵也能在脑海里搜寻到他的长相，还记得在去年的红白歌会上，他乘坐着富丽堂皇的神轿唱歌。

“要说原因，你知道新渡户老师最擅长本土歌曲吧，说是不品尝当地的独特美食，不感受当地人的温暖，就无法唱出那片土地的灵魂。”

“这些费用都是由市政府承担的吧？”

面对茜的质问，正道一惊，肩膀颤抖了起来。

“毫无疑问，这是被敲诈了吧……”正嗣小声嘟囔道。

“绝对是那样的。”葵刚想如此回应时，就听见转身后的正嗣“欸”了一声。

“嗣，怎么了？”葵仍然叼着味噌土豆串，跟着转过来。

“啊？”她不禁叫出声，味噌土豆串也因此从嘴里掉下来了。

一辆大型卡车开进了车站前的枢纽处，接着他们便听见了鼓声。扑通，扑通——那声音仿佛巨人的脚步声一般朝这边逼近。

“什么？”茜和正道也听见了声音，随即震惊地看向那辆卡车。

卡车停在了四人面前，像逐渐打开的宝箱一般，货仓的缝隙里倾斜出灿烂的光芒，鼓声也随之嘹亮。

“大家久等了。”

新渡户团吉身着和服的身姿，出现在逐渐敞开的货仓里。他的胸前垂挂着一块品味糟糕的大吊坠。他微笑着，原本就很细的眼睛眯得更细了。他以一副威风凛凛的架势俯视着葵一行人。尽管他们在电视上看过这张脸，他本人却有一种不可思议的存在感，仿佛若无其事地混进了七福神（**注：日本人广为信奉的七个福德之神**）中一般。

“我堂堂男子汉新渡户团吉，跨过原野越过大山，长途跋涉，只为将笑容这一礼物带给大家！”

闪耀着炫目光辉的吊坠与透过麦克风传来的大音量宣言，都让葵不禁缩了缩身子。

货仓完全敞开后，瞬间便被明晃晃的灯光照亮了。整个枢纽处也跟着敞亮起来，回家路上的上班族们也愣愣地停住了脚步。

“是新渡户团吉啊！”

“这不是阿团吗？”

议论的声音此起彼伏，甚至有人高高地举起手机拍起了照片。

“声……声东击西？”正道认定他们会乘坐红箭号过来，不甘心地喊出了声。

只有茜静静地站在葵与正道的中间，一言不发。

“茜姐？”

就算葵叫她了一声，她也毫无反应。味噌土豆串从茜的手中滑落，径直地撞在地板上，空虚地滚了几圈。

茜连看都不看一眼，始终注视着某个方向。

她并没有看向什么新渡户团吉。

葵追寻着她的视线，瞪大了眼睛。

“咦？”葵情不自禁地发出了声音。

新渡户单手举着麦克风，迈开步伐，轻快地唱起了歌。悠扬的歌声仿佛要传遍大街小巷，嘈杂的四周响起了拍手声。

新渡户的身后是伴奏乐队。小号和萨克斯反射着刺眼的灯光，长号奏起的低音响彻会场。除此之外还有鼓、贝斯、电子琴……吉他。

吉他。

一个男人沐浴在金色的光芒下弹着吉他。葵的目光无法从那个男人身上移开。她仿佛被一只看不见的手牢牢地抓住下巴，甚至无法眨眼。

那个弹吉他的人，是金室慎之介。

他一副索然无味的表情。明明站在舞台上弹着吉他，他却一点儿也不像高中时的模样。葵和茜在祠堂和音乐酒吧里注视的那个他，总是一副得意忘形的模样，有点笨，却会笑嘻嘻地教葵弹贝斯，和眼前这个人完全不一样。

慎之介的侧脸，似乎在说这世间没有任何快乐的事情一样。葵倒吸一口凉气，然后不由自主地屏住了呼吸。

“慎之……”

恍惚间，葵听见了茜的呢喃。

葵感觉自己仿佛被人扇了一记耳光。她听出了眷恋与失落……还有什么呢？葵也无法形容。茜的声音里包含了太多感情，令葵的喉咙深处像是被什么哽住了一般。

葵心想:茜姐的眼神一定从一开始就没有飘向新渡户吧。

“喂，嗣！拿稳了！”

葵听见正道的声音，才恍然回过神。

不知何时，葵与茜的手中都已经没有了横幅。正道怀里抱着横幅，飞快地从葵与茜的面前走过。正嗣虽然脸上写满了困惑，但手里仍然紧紧地抓着横幅的另一边。

横幅随即展开，随着穿过枢纽处的晚风微微飘动。

“欢迎新渡户先生光临秩父！”

横幅上用又大又粗的字体如此写着。不过，这些都无法吸引葵的注意力。

欢迎新渡户的那行文字下方，还有一行小小的字——“欢迎回来，慎之介！”

葵看着这行字，终于真实地感受到眼前这个演奏的男人就是金室慎之介，就是慎之。

葵这才接受无论与昔日的模样多么不同，他都是慎之。葵觉得身体的中心仿佛被锤进冰冷的桩子里。

慎之回来了。

5

葵飞奔进漆黑的佛堂，跪坐在佛龛前双手合十。

“爸爸、妈妈，还有列祖列宗，请赐予我力量吧！”

——拜托拜托，若是我中邪了就帮忙驱驱魔！

葵对着已逝父母的照片一个劲地祈祷着，接着抓起放在佛龛前的念珠，又去餐厅拿了一个大大的应急手电筒，紧紧地握在手里，再次跑出了家门。

家门前，刚付完打车费的正嗣无奈地问道：“我拿了收据，应该给谁啊？”葵一把握住正嗣的手，朝祠堂跑去。

昏暗的小道上弥漫着湿润泥土的气味。在奔跑的过程中，葵将在祠堂里看见还是高中生的金室慎之介——也就是慎之的事情告诉了正嗣。

“你是说慎之？那个人真的在吗？”

他们在通向祠堂的鸟居之间穿行。那是连葵都必须弯着腰才能穿过的小鸟居。御币（**注：日本神道教仪礼中献给神的纸条或布条，串起来悬挂在直柱上，折叠成若干之字形**）垂在背上，发出沙沙的声响。

“嗯。我原本以为那是幽灵，却又在车站见到了慎之本人……那我在这里见到的人究竟是谁？”

“很像慎之的人？”

——怎么可能？不管怎么看，那个人都是慎之。

“我也不知道为什么，却可以肯定那个人就是慎之……尽管我搞不清缘由，但绝对发生什么奇怪的事了！”

葵将手电筒照着脚边，手里握紧着念珠。

祠堂寂静无声。葵朝里面窥视了一番后，才谨慎地推开了门。正嗣一边环顾四周，一边走了进去。

“怎么样？”葵在矮小的正嗣背后问道。

“没事，里面好像没有人。”

“怎么可能？”

——他应该不会幽幽地从背后出现吧？

葵一边留意着身后，一边将手电筒照向了祠堂里面。被她扔下的贝斯仍然静静地立在音响旁。

葵小心翼翼地踏入祠堂，正嗣打开了祠堂里的灯，室内随即亮了起来，这里的确只有葵和正嗣两个人。

正当葵打算关掉手电筒之时——

“喂。”

一只手冷不防地从身后伸过来，搭在了葵的肩膀上。葵感受到了肩膀上的温度，在意想不到的近距离听见了那个低沉又清亮的声音，瞬间睁大了双眼。

那个和慎之长得一模一样的家伙正一脸不悦地看着葵。

“你为什么要逃走啊？”

“啊啊啊——”葵从喉咙深处发出了惨叫声，手电筒也从手中滑落。咔嚓——伴随着一声沉重的声响，灯暗了下去。被声响惊动的正嗣大喊着“小葵”奔向这边。

“放开小葵！”

正嗣说着十分可靠的台词，试图制服慎之。然而他们的体格差距实在过于悬殊，小学五年级的学生遇上高中三年级的学生，根本连打架都称不上。慎之漫不经心地用单手制住了他，仿佛对手只是一只幼犬一般。

“咦？”慎之看着正嗣的脸，不禁皱起了眉头，“这家伙怎么和阿道一模一样？”

慎之两眼闪着光，端详起正嗣的脸，仿佛在说不管怎么看他都是阿道。趁慎之走神之时，葵迅速逃脱了他的手臂。正嗣见状，慌忙地朝葵的方向靠近，拦在她身前张开了双手。

“你……你这家伙，是谁？”

面对葵的质问，慎之一脸不耐烦地指了指自己的脸，说道：

“我就是慎之啊！我才想知道你是谁呢！”

慎之气势汹汹地指向葵，正嗣急忙回过头。

“小葵！总之我们快逃吧！”

——小葵……

听到正嗣格外嘹亮的呼喊声，慎之睁大了眼睛。

“小葵？”

那双眼睛随即锁定了葵，从头到脚一遍又一遍地打量着。

“小葵是……”

刹那间，葵指了指自己左眼眼球上浮现的那个黑点。

“……相生葵。眼瞳之星，二号。”那是十三年前，慎之给她的称号。她说出口时，喉咙深处有一种被人挠痒痒的感觉。

“咦？”慎之缓缓张大了嘴，稍显迟钝地发出了惊慌失措的大叫。他凝视着葵，从葵的发旋到脚尖一遍又一遍地端详着，似乎在将眼前高中生模样的葵与记忆里孩童模样的葵一点点地对照着。

“为什么眼瞳之星长这么大了啊？等等，现在是什么时候？什么时代了？”慎之接连不断地抛来疑问，正嗣便向他解释道，现在距离慎之所认知的时代已经过去了十三年。正嗣语调平静，慎之却听呆了，葵则在一旁沉默地看着。

终于，慎之咽了一口唾沫，再次凝视着葵。看着他这副模样，葵打心里肯定这个人就是慎之。

“我记得当时被茜……”慎之注视着葵的目光，逐渐望向了某个遥远的地方，“茜对我说，她不去东京了……”

葵再不愿意也清楚地知道他回想起了何时的事情。她感觉胸口深处猛然涌起一阵热流，刺痛感随之蔓延。

那是十三年前。当时葵才四岁，而茜还在上高三。茜原本和慎之约定好高中毕业后一起去东京。四岁的葵对这种事情似懂非懂。然而，父母正是在那个时候在车祸中丧生。因为对面驶来的某辆车的司机张望别处，他们俩再也无法回家了。

这时，葵想起了那个时候在这座祠堂紧挨的树林里发生的事。

她已经记不起自己当时为什么出现在那里，或许是害怕茜去见慎之后会就此消失，而自己在这个世界会变成孤身一人。

“我不能走了。”

隔着层层叠叠的枝叶，葵听见茜对慎之如此说道。日落时分的树林里，一道浓重的影子落在茜的脸庞上，葵看不清她的表情。

“为什么？”

与此同时，她很清楚地看见了慎之的表情。非常惊讶的他沉痛又悲伤，仿佛被重要的人背叛了一般。

“为什么啊？我们不是说好了要一起去东京的专修学校吗？”慎之紧紧地抓着茜的双肩，强硬地说道，“我们不是说好了吗？”

于是，茜低下了头。葵明明看不清茜的脸，却坚定地认为她的肩膀在颤抖，她一定在强忍眼泪。

回过神时，葵已经跑了出去。她拨开高高的杂草，朝着两人冲了过去，细碎的草尖割伤了她的手背。葵挥起微微渗血的右手，攻击起了慎之。

“不要欺负茜姐！笨蛋！”葵呼喊着，双手胡乱地捶打他的肚子和大腿，“不要带走茜姐！茜姐和我要永远在一起啊啊啊！”她竭尽全力地呐喊着，不禁让人担心她的喉咙是否会喊出血。

慎之一脸惊愕，表情僵硬了起来。他抿起嘴唇，眼瞳上的星之证明歪向一边，俯视眼前的葵。

明明是十三年前的事情了，她却记得清清楚楚。晚霞与树木的颜色、慎之的喘息，以及茜的背影，一切都无比鲜明。

“我那天好像不知道该怎么回家。”

慎之低喃道，他的模样与从前的慎之如出一辙。葵瞬间抽离回忆回到现实中，闻声抬起了头。

“我毫无头绪地待在这里想了很久很久……”

那时茜抚慰着葵，面露难色，朝家的方向离开了，留下慎之独自一人。他垂头丧气走进祠堂的画面，从葵的脑海里略过。

“然后，回过神来，就到早上了？”

慎之坐在地炉旁，琢磨着自己的话。正嗣盘着腿坐在稍远一些的位置，敏锐地眯起眼睛，问道：“为什么是疑问句？”他姑且摆出了一副保护着葵的架势与慎之对峙，不过看起来很不可靠。

“我也不确定啊。不过，我当时忽然有些疲惫，呆坐在椅子上，然后就被刺耳的噪音吵醒了……”

慎之望向葵，葵不禁双手抵在地上朝他探出身体。

“噪音？你刚才说什么噪音？”

慎之无视葵的质问，继续低声嘟囔道：“真的，不知不觉就这样了。忽然告诉我已经是十三年后了，我也很恍惚啊。”

“原来如此，就和浦岛太郎（**注：日本古代传说中的人物，浦岛太郎因搭救了海龟而随海龟前去参观龙宫，归来时因打开宝箱变成了白发老翁**）一样啊。”正嗣将下巴枕在手上点了点头。

——为什么正嗣这家伙无论何时都能这么冷静啊？慎之穿越十三年的时光出现了，这么离奇古怪的事情真的发生了吗？如果是这样，那穿越十三年的慎之今后会怎么样呢？

“不过，唉，既然时间已经流逝了，也没有办法啊！”慎之轻松地说道，丝毫没察觉到葵的担心。

“这么快就接受现实了。”正嗣略显佩服地感叹道。慎之缓缓地站起身，葵赶紧举起了手里的念珠。

“不，让我接受的正是你啊。”慎之走近正嗣，弯下腰恣意地揉搓起他的头，“不管怎么看，你都是迷你版阿道啊！”

正嗣推开慎之那只蛮不讲理的手，回头看向葵，说道：“总之他应该不是幽灵，他有实体。”

“那到底是……”葵诧异地看向慎之。他既长着腿，又会发出脚步声，就连体温也有。待在他身旁时，也能明显地感受到他的气息。

“会是生灵吗？”正嗣嘟囔道。

“生灵？”葵与慎之异口同声地复述道。

“哎呀，经常有这种说法吧——若是对某人抱有某种强烈的感情，就会在无意识间从体内释放出生灵。”

“我听说过！接着悄悄诅咒并干掉对方，对吧？”葵如此说着，脑海里竟然浮现起茜的脸庞，随即看向慎之，“啊……慎之因为被茜姐甩了……”

“或许是源于那份不舍吧。”

正嗣也赞同地点了点头。谁知道，当事人慎之一脸愉悦地拍了拍自己的膝盖。

“你们在说什么啊？”他猛地站起身来，扬起嘴角俯视起葵与正嗣，“什么舍不舍得？我还完——全没有放弃呢！”

他叉开双腿站着，威风凛凛地抱着双臂。

“我思来想去已经决定了。我要先去东京成为大音乐家，然后风风光光地来迎接茜！”慎之握紧的双手舒展开来，张开双臂说出了这样的话。这实在是那个得意忘形、有点笨，却非常率真的慎之会想的事情。

没错，当时的慎之一定是这样想的。

“什么啊？哪里来的乐观？”

葵不由自主地嘀咕起来。正嗣用力地点了点头，像观察神秘生物一般抬头注视着慎之。慎之的表情里对未来的自己没有一丝怀疑，他坚定地认为自己会成为大音乐家，回来迎接茜。

“可是，为什么会发生这种事情呢？茜今年已经三十一岁了吧？三十一……”慎之试图想象茜三十一岁的模样，却想象不出，于是屏住了呼吸，问道，“喂，茜……她应该还没结婚吧？”

慎之悄悄地蹭了过来，葵立刻向后退。看着葵点了点头，慎之捏紧拳头喊出一声“耶”。

“等等，先不要高兴得太早，得快点把她拿下。”

“……要见见吗？”葵战战兢兢地问道。

慎之惊讶地瞪大了双眼，随即使大声反驳道：“你是笨蛋吗？”

慎之丝毫没注意到葵憋着一口怒气，继续说道：“不可能见面吧！你没听清我刚说的话吗？得等到我成为大音乐家……”

“不知道算不算大，不过已经成为音乐家了。”正嗣仿佛回想起什么，朝葵确认道，“对吧？”

“嗯，确实。三十一岁的你姑且算是音乐家了。”

不过，那与慎之心中描绘的音乐家模样绝对相去甚远。

葵刚想这样告诉慎之，他却睁大眼睛注视着葵与正嗣。眼瞳之星一号的眼睛熠熠发光。

“太厉害了——”

有些凉飕飕的幽静祠堂里，回响着慎之激动的声音。另一方面，葵的胸口却骤然凉了起来。

“我稍微离开一下。”慎之飞奔过去，推开了祠堂的门。他该不会是打算以这副模样去见三十一岁的自己和三十一岁的茜吧？当他看见身为演歌歌手伴奏乐队一员的自己，会怎么想呢？

“等……”

葵刚要起身，只见慎之朝着那扇完全敞开的门，挥手高呼“冲啊”，打算跑出祠堂。秋日的凉风灌了进来，吹起葵的刘海。

然而下一个瞬间，慎之似乎在那毫无阻拦的地方撞在了透明的墙上，扑通一声摔倒在地。

秋风夹杂着落叶的香气，依然吹进了祠堂中。

葵突然想起茜应该正和三十一岁的金室慎之介在一起，不知他们现在正做什么。她想象不出什么欢乐的氛围。

“果然还是出不去……”

慎之躺在地上呻吟着。正嗣小心翼翼地接近那扇门，迅速地朝外面伸了伸手。他并没有撞到什么看不见的墙，身体也能正常地出入祠堂。葵也跟着试了试，的确没有什么异样。唯独慎之仿佛被一堵看不见的墙阻拦着一般，无法走出祠堂。

“居然不能从这里出去，难道不是生灵而是地缚灵？”

葵回头看向慎之，嘀咕道：

“他最初见到我的时候，也是像这样没办法离开祠堂。”

“真亏你明知如此，还要一鼓作气地往前冲。”

“可恶，可恶！”慎之反复嘟囔着，正嗣低头看着他，葵无奈地发出叹息。

不过——

“愿望实现了啊……”

从慎之覆在额头的双臂间，走漏出十分真切的声音，让葵产生了一种萤火虫从眼前飞过的错觉。他的声音仿佛缠绕着温暖的光。

“那时候，我一直在想：快点高中毕业，快点去东京，快点抵达未来。我真想快点回来接茜。那一天能不能快点到来呢？所以啊，就算真的是生灵，我诞生的理由也一定不是什么恨意。”

慎之再次神采奕奕地站起身，吓得一旁蜷着身子的正嗣一屁股坐在地上。

“总之，虽然我不明白前因后果，但有一点很清楚……”慎之举起右手的食指，接着举起左手的食指，将两只手指轻轻地碰在一起，宛如相互依偎着的两个人，“只要撮合茜和未来的我，一切都能圆满解决吧？那样一来，变成生灵的我一定会嗖的一下回到本体。”

慎之又将双手像火箭一般举在头顶，咧着嘴笑了起来。茜张开嘴发出“不”的声音，却无法继续说下去。

——撮合未来的自己和茜？怎么可能会有那么……那么奇怪的走向啊？哎呀，不过，会说出那种莫名其妙的话也正是慎之的特点。

于是，葵便莫名其妙地接受了。她不禁耸了耸肩，正嗣也跟着耸了耸肩。

“交给你了，眼瞳之星！”

慎之的目光忽然锁定了葵。他的眼神闪闪发光，与十三年前一样清澈。

“……咦？”

——我？

葵指了指自己的脸。

慎之用力点了点头，仿佛在说“除了你还有谁啊”。

“他以前就是那种人吗？”正嗣用葵带来的应急手电筒照亮了夜晚的道路，向她问道。

“嗯……大概吧，不过那时候感觉他更像大人一些。”

当时葵才四岁，现在则与当时的慎之同为高中生。相对于年幼的她，慎之看起来非常像大人。

“怎么办？”正嗣停了下来，郑重其事地问道。

从祠堂通向鸟居的小路十分昏暗，正嗣的脸上映着黑色的阴影。

“要听慎之的话，想办法撮合那两个人吗？”

葵想起慎之闪闪发光的眼睛，还想起了今天以新渡户伴奏乐队成员的身份出现在车站前的慎之介。

“说不定这样做也不错……”

“是吗？”

没错，还不错。毕竟让茜和慎之介再续前缘的话……

“要比茜姐被我……一直束缚在这里更好……”

葵想起刚才对慎之所说的“地缚灵”一词，咬紧了嘴唇。

她抬起头，便看见耸立在鸟居对面的秩父群山。夜空之下，黑压压的大山宛如一堵巨大的墙，仿佛在嘲笑着试图逃离这里的人们。

◆◆◆

“我说，这真算是缘分啊！”

烤肉在眼前的烤架上发出嗞嗞的声响，新渡户心情好极了。茜坐在旁边，迅速地朝他刚喝空的大玻璃杯里倒啤酒。

金室慎之介侧目观察着这一场景。

“我也吓了一跳！”坐在茜旁边的正道探出身子说道，“我想着如果要制作本土歌曲，那可一定要请新渡户老师。于是我去收集了老师演出的视频，居然在伴奏乐队里发现了老朋友！”

正道看向了慎之介，一把用力地拍在他的肩膀上，然后用过去亲昵的叫法和他搭话：“是吧，慎之！”

“很痛啊……”慎之介实在不知道该如何回应。他们似乎是熟悉的人，又仿佛是陌生人，一种难以名状的距离感包围他们。

茜明明应该听见了他们的对话，却只是沉默地将烤肉一块一块地夹到烤架的铁网上。

“这算是慎之介的凯旋公演啊，必须安排一段吉他独奏！”

听新渡户这么一说，萨克斯手、小号手以及长号手纷纷附和着“不错不错”。新渡户既然已经想到了，那一定会那样安排吧。

慎之介不禁想象着自己在庆典舞台上独奏吉他的画面。手握话筒的新渡户满脸得意，仿佛在说“这可是我从这座城镇上发掘的人才”，观众席的旧相识们注视着慎之介的表演，光是想一想就……他不愿再想下去，闷下了一大口酒。即使如此，他还是无法将抗拒的画面从脑海里赶走。

茜与正道似乎交谈着什么。酒劲上来的新渡户满脸泛红，鲁莽地插进他们之间。

“哎呀？两位是那种关系吗？”

他挂在脖子上的吊坠闪耀着奇异的光芒，脸上露出坏笑。这个不知道多大的男人基本不会察言观色，也完全不打算这么做，似乎很享受闯进他人的私密领域里蹦迪的感觉。

“什么？”茜茫然地回应道。正道看起来却很开心，居然还说什么“任君想象”这样的话，让她更头疼了。

慎之介一口喝干了剩下的半杯酒，店员端来不知谁点的酒，他也一把夺过喝下。听见新渡户嚷嚷“奇怪，我的啤酒还没来”，他也装出事不关己的模样。

真奇怪啊。

——我居然和高中时的恋人、乐队的成员这样并排坐着喝酒，就连这家烤肉店也正好在那所高中走向车站的路上。一切都保持着往日的模样。不过，我们已经三十一岁了。

慎之介失神地看着烤架上冒气的烤肉，回想起站在西武秩父站前那辆卡车上看见的画面——正道、和正道长得一模一样的儿子、茜，以及茜的妹妹葵。

在去东京的这十三年间，慎之介早已对时间的残酷了然于心，然而看见那四人的瞬间，他才终于有了被现实痛击的感觉。

烤架上的烤肉在眼前溅起油星儿，只听啾的一声，油滴在了炭上，随即燃起一撮橘色的火苗。

——不要欺负茜姐！笨蛋！

葵十三年前的声音清晰地回响起来。

那孩子当时才四岁，双手胡乱地捶打着慎之介，哭着喊着“不要带走茜姐”。

——那时候，究竟怎么做才是正确的呢？

仓皇的思绪犹如烤架上升起的烟一般在店内弥漫开来，找不到降落点，飘飘摇摇。新渡户的声音听上去很远，他欢快地笑着说“现在店内客人的消费，都算在我们的账上吧”，欢呼声随之传来。负责结算餐饮费的正道脸煞白煞白的。

回过神来，慎之介已双手撑着膝盖，跪在店门前呻吟。

周围传来声音。“那么，我们去下半场吧！”新渡户如此说着，正道便慌忙地搜起了店，伴奏乐队的成员抚了抚慎之介的背，说道：“喂，慎之介，要吐的话去厕所啊。”

“真没办法啊，我去把车开过来吧，刚好我没有喝酒。”

慎之介听见了茜的声音。

新渡户率领着伴奏乐队的成员，朝着大街得意扬扬地走去。被新渡户勾住肩膀的正道忧心忡忡地回头看了又看。

——他究竟在担心什么呢，在害怕什么呢？

茜的车里播放着“Godiego乐队”的《Gandhara》。慎之介躺在副驾驶座上，心不在焉地将目光落在茜连接着车载音响的手机上。

时间仿佛开了加速器。他明明觉得前一秒才上车，转眼就开到了今晚落脚的酒店附近。

“你醒了？”茜握着方向盘如此问道。《Gandhara》的歌声也变得清晰了。

“我姑且算是……实现梦想了……”

——算什么梦想？

慎之介在心底自言自语地咒骂道。

然而，茜轻飘飘地回应道：“是啊，实现了呢。”那语气并非冷淡，却也听不出任何感情。

——真残酷啊，时间真残酷啊。

“……你在瞧不起我吧？”

“原来你是这种酒品差的家伙啊，慎之。”

慎之介觉得不仅仅是他醉酒后的模样，似乎就连三十一岁的自己，也被全盘否定。在他听来，茜分明在说“没想到三十一岁的你会是这样”。于是，他说起了胡话：

“听说你还没结婚。该不会是在等我吧？”

“嗯……你说我在等你？我想，大概不是。”

茜的语气没有任何变化。车子缓缓地驶进酒店停车场，茜将车停在了距离入口非常近的位置。慎之介本以为自己能独自走去房间，刚下车便一个踉跄，双手撑在了引擎盖上。身旁传来无奈的笑声，接着手臂就被搭在了茜的肩膀上。

他们保持着这样的姿势，朝慎之介的房间走去。他左半边的身体感受到茜的体温，涌起了怀念的心情。那不是温暖安心的怀念，而是某种锋利冰冷、似乎正谴责着慎之介的怀念。

“醒醒，到了。”

茜用房卡打开了门，扛着慎之介进入房间。她将房卡插入门边的取电槽，朦朦胧胧的间接照明灯点亮了房间。

真是一个狭窄的房间，一张小双人床、一张桌子、一个电视就已经满满当当。慎之介的行李胡乱地放在其中，今早出门时穿的衣服被随意地脱在一旁。整个房间都透露着一种无力感。

“走稳了。我马上拿水过来……”

茜将慎之介的身体朝床的方向推了推，便要走出房间，大概是打算去电梯前的自动售货机买些水来吧。

“再喝一杯吧，相生小姐。”

慎之介靠在那扇组装式的门边，如此说道。明明是自己的声音，听上去却十分遥远。他产生了某种奇妙的感觉，仿佛连身体都不再属于自己了。

“别说傻话了。”茜说道。

她没有回头看慎之介，将手伸向了门把手。慎之介瞬间握住了那只手。茜一惊，手臂随之颤抖。

他的脑海里忽然浮现了正道刚才说“任君想象”时那番炫耀的模样，蛮不讲理地恼火起来。不只是正道，一切都令他恼火。

“好吗？”

慎之介的另一只手抓住了茜的肩膀。他的力气比想象中的更大，茜的衣服上起了一大块褶皱。

茜一言不发，生气地哼了一声，慎之介刚察觉手腕被抓紧，身体便被重重地拧去了另一旁。茜明明没有使出多大的力气，却轻而易举地将他摔在了地上。慎之介紧握着她的手心，撞在地板的背部蔓延起冰冷的疼痛。

茜仍然沉默地俯视着他。

“什么啊……”不知是出于悔恨、羞耻还是哀叹，慎之介不自觉地说出了这些话，“都这个年纪了，就别装模作样了。”

——真人渣啊。

“这是你的真心话吗？”

“无所谓吧，又不会有什么损失……”

——人渣。就算归咎于酒，也渣得不折不扣。

“久别十三年，就说这种话啊？”慎之介感觉凉凉的，似乎有一股寒气穿梭于脖颈。茜的声音听上去是如此冰冷，他觉得仿佛有一把刀抵在了胸膛前。握着那把刀的人并不是茜，而是十三年前立志成为音乐家而背井离乡的、那个十八岁的金室慎之介。

“别让我失望透顶……”茜说着，扶了扶几乎要滑下鼻梁的眼镜。哪怕是唾弃、斥责都好过如此，她却只是冷淡地说完这句话，接着便不再说什么，离开了房间。

门紧闭着，茜的气息越来越远。昏暗的房间里，慎之介就地仰面倒下。就连间接照明的微微光亮都显得十分炫目，他抬起右手胳膊，遮住了眼睛。

“我也……不想回来啊……”

孤身一人的房间里，只剩自己的声音回响着。

没错，不想回来了。

这是他的故乡，是茜生活的城镇，那个描绘绚烂梦想的高中少年曾经在此存在过。

这样的自己，不想回来了。

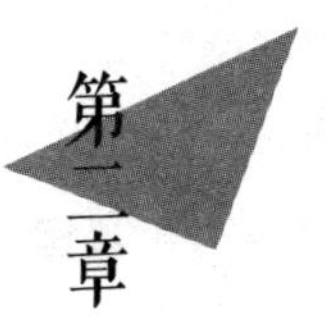

第二章

1

“我回来了……葵！”

茜回到家时，从祠堂回来的葵刚泡完澡。她躺倒在沙发上玩手机，然后看见一脸疲惫的茜走了进来。

“欢迎回来……这么早就结束了。”

“招待客人嘛，陪完全程的话怎么受得了？今天就不洗澡直接睡好了。”

“这样啊……”葵低头看着手机附和道。她往下滑了滑，继续浏览有关“生灵”的网页。生灵诞生的原因、古典文学里记载的应对方式、流传于日本各地的生灵传说……数不尽的信息轰炸而来，无论怎么调查，慎之出现在祠堂都是事实。他无法走出祠堂，三十一岁的金室慎之介出现在了街头，这些也是事实。

“我说，今晚一起睡吗？”茜双肘抵在沙发靠背上，朝葵探出了身子。

“咦？”面对葵疑惑的模样，茜微笑着点了点头。

“好嘛，好久没有一起睡了。”

葵还以为是玩笑话，没想到茜换完衣服洗好脸后真的在佛堂铺好了被褥。她们一起睡觉时会在佛堂铺床，这是一直以来的习惯。不过说起来，葵实在很久没有和茜一起睡觉了。

葵躺进被窝，过了一会儿开口说道："那个……和我说说金室慎之介的事情吧……"

茜之所以会提出一起睡觉，肯定是因为和慎之介之间发生了什么事情。葵毫无根据却如此猜测着。今日种种，朝黑暗的天花板飘浮而去，接着又消失了。这一天实在遇见太多摸不着头脑的事情了。

"唔……只是一个普通的醉汉吧？"

茜轻飘飘的语气反而让葵确信他们一定发生了什么事。

"不是现在，我是说以前的他……"

"那种事过去太久我都忘了。我这个人记性很差的。"

——撒谎，她绝对在撒谎。

回想起在西武秩父站看见新渡户和慎之介出现时茜的那副表情，葵垂下了眼。

"不过……茜姐不是一直没有交男朋友吗？"

"也算是……也算是交过了。"

"咦？"葵瞪着天花板，反复思考着茜刚才的话，接着猛地坐起身来，大喊道，"不会吧？从你的行为举止上完全看不出来啊！为什么要瞒着我？"

葵的唾沫星子都飞了出来。茜居然有过慎之以外的恋人，葵对此一点印象都没有。就连接近那种氛围的人，都从来没出现过。

毕竟自从和慎之分开，茜就一直顾不上那种事了。

"原来如此……葵真的很爱我啊。"

茜的笑声听起来很愉悦，清晰地萦绕着佛堂。她挪了挪被子，恶作剧般地看了过来。

“什么啊？”

葵糊里糊涂地追问茜什么时候出现过那个“也算是”的家伙，茜只是笑着回应，不再说其他话。

“不管你了……”

葵孩子气地把头朝向另一边，气呼呼地躲进了被子里。

2

慎之正在吃茜做给葵的便当。玉子烧、小番茄、花椰菜、土豆沙拉、卷心菜丝、肉饼，以及芝麻盐拌饭。还是熟悉的搭配，却有着奇怪的感觉。毕竟做便当的是三十一岁的茜，吃便当的却是十八岁的慎之。

慎之一口接着一口，还不忘称赞“好吃”，或许是因为出自茜之手，他才感觉格外美味。

“不过，真的没关系吗？这是你的午饭吧？”

“我待会去便利店买。”

“这样啊？那我就不客气了。”

玉子烧把慎之的脸塞得鼓鼓的，他再次笑着感叹“真好吃”。茜在做玉子烧的时候，会用牛奶和砂糖调制出甜甜的味道，呈现出温柔的奶黄色。葵注视着慎之吃玉子烧时的侧脸。

“咦？”

察觉到葵的视线，慎之歪头看向她，葵慌张地摇了摇头。

“没什么，我只是在想原来你还会饿啊……”

“倒不是饿，该怎么说呢？闷得发慌吧……”

“这样啊？”

葵的视线落向祠堂的某个角落。那里有一张户外休闲椅，上面放着慎之的吉他。

“不是有吉他吗？你要是闲着就弹吉他啊。”

“琴弦生锈了。”

原来如此。即使收在琴箱里，那也是一把在祠堂沉睡了十三年的吉他。琴弦已经生锈了，不保养一下是不能弹的。

“要不，我帮你买来吧？镍制的弦可以吗？”

“啊，算了……”慎之含糊不清地打断了葵的话。

“果然还是算了。”

慎之用小拇指挠着脸颊，轻轻地摇了摇头。

他的笑容似乎掩饰着什么难以启齿的事情，究竟是怎么回事？

“先不说那个了，你能帮我买一本《周刊少年Jump》吗？不看看《乌龙派出所》（**注：秋本治著作的少年漫画，讲述的是警员两津勘吉的喜剧故事。漫画从1976年9月21日起一直连载至2016年9月17日，创造了连载回数的吉尼斯世界纪录大全**），总感觉提不起劲儿。”

“《乌龙派出所》已经完结了。”

葵漫不经心的一句话却让慎之傻了眼。“啊……”葵刚想说话，只见慎之那张脸瞬间青筋暴起，五官微微抖动着。

“啊啊啊啊?《乌龙派出所》不可能完结吧?要是连阿两都不在了，还有什么永恒可言?”

“听不懂你在说什么。”

“真的假的?那阿两和谁结婚了?不对，这个不能问，我要自己看……那寿司店……不对，那麻里爱……”

葵看着喋喋不休的慎之，不禁失了神。不过，从昨晚到现在，他就一直是这种状态，一点紧张感都没有。

慎之毫无征兆地飞跃到十三年后成了生灵，居然还有心思在意《乌龙派出所》的结局。如果告诉他哪个演员、哪个歌手、哪个偶像都已经离开演艺圈，甚至发生过怎么样的事件和灾害，不知他会有怎么样的反应。

葵将背包与贝斯往肩上提了提，站起身来，整理了一下校服的裙摆，走进清晨的树林之中，朝鸟居的方向走去。

她悄悄回过头时，从祠堂敞开的大门看见了慎之吃便当的模样。明明独自一人，他却很开心，笑着吃便当。

葵感觉自己仿佛回到了十三年前。唉，不过，慎之的身旁不再有茜，正道、番场和阿保他们也不会再来祠堂了。

说到底，“平成时代”都已经结束了，现在已经是“令和时代”（注:与“平成”同为日本年号,“令和”的启用时间为2019年5月1日）了。这样说的话，慎之会相信吗?

学校的图书室里，完整地保管着历代学生的毕业相册。这里当然也有茜、慎之与正道十三年前的高中毕业相册。

“咦，这居然不是嗣而是阿道？”

在班级的照片页上，葵发现了微笑失败而一脸僵硬的正道。那张脸和正嗣相似到令人发怵的程度，实在是一模一样。

“原来他以前长这样啊。难怪慎之说嗣是迷你版……”

葵翻了一页，一眼就找到了茜穿着校服微笑的照片。慎之的照片也在这一页。

“原来他们是一个班的啊。”

体育节、文化节、班级竞赛以及修学旅行的照片也收录其中。葵发现有好几张慎之都一脸欢乐揽着茜和正道的肩膀。

然而，临近毕业的照片里，慎之的表情隐约有了消沉的感觉。茜与他隔着微妙的距离，神情阴郁。光是看看这些照片，就知道这两人交往到什么时候，又是在什么时候分手的。

葵继续翻页，相册后半部分是以班级划分的纪念留言区域，大家会在这里留下自己喜欢的一句话。

“征服世界！”慎之如此写道。

“你是小学生吗？”葵一边取笑着，一边寻找茜的留言。

不一会儿，她便看见了。那精致小巧的字，很有茜的风格。

“井底之蛙不知大海之宽广……”

背井离乡，前往东京，逃离这片仿佛被高墙包围着的盆地，去看一看辽阔的天地。听葵这样说时，茜只是笑着评价她有“中二情结”，原来高中时的茜在毕业相册里写过相似的话。

只不过，茜的留言还有后半句。

“却知天空之蓝。”

葵的指尖轻轻地触碰茜写的字，小声地念道：“天空之蓝……”

茜究竟是抱着怎么样的想法写下这行字的呢？

葵稍做思考，然后合上了毕业相册。她将相册归还给管理员，离开了图书室。再过一会儿，就是茜来接她放学的时间了。那个问题是否能直接问她本人呢？

葵在玄关换着鞋子，心里如此琢磨着。

“相生！”

忽然，葵听见有人在叫她。回头一看，两个男同学正朝她走过来。

——谁来着？

疑问在脑海里闪过的一瞬，葵便回想起来了。是同年级的学生，上周邀请葵加入他们的乐队弹贝斯。不过，当时葵已经拒绝了。

“我说，你能不能再考虑考虑啊？如果你加入我们的乐队……”

“和比自己差劲的家伙组队就是浪费时间。”

葵直接打断他们的话，穿好了鞋。上周回复时，她姑且选择了更委婉的说法，但他们似乎没有明白她的意思。

“说什么啊，丑女？”

尽管其中一个人如此反驳，葵也丝毫不在意，径直走出了玄关。

“真可惜……”

紧接着，葵便听见身边传来这样的声音。她叹着气，停下了脚步。

同班的大泷千佳正坐在玄关前的阶梯上，葵立刻想起升学就业面谈时她宣称“我要嫁人”的声音，宛如化开的冰激凌。

“什么？”

“在尽是男人的乐队里做唯一的女生，简直是不得了的美差。”

千佳看着葵，指尖摆弄着自己浅色的发梢。

“不过，唉，你就爱假装不在意这种事吧……”

——唉，无视就好了。

葵迅速做出判断，向前走去。

然而，随即站起身的千佳却纠缠不舍地追了上来。

“你要去东京，也是因为找了老男人，对吧？”

她居然凑到葵的耳畔说出这种话，葵难以忍受地叫了一声。

——原来她会这么觉得啊……

“有传闻说……一直有男人开车接送你。拜托，介绍一些你男朋友的朋友给我嘛。就算出了问题，我也不会起诉你的……”

——什么啊，能出什么问题？难道以前出过问题吗？

葵险些向她发问，立刻闭紧了自己的嘴。

这家伙真的就像化开的冰激凌一样。无论是向葵投来的试探目光，还是甜腻过头的声音，都让人感觉黏黏糊糊。

就算葵说来接她的不是男朋友而是姐姐，这家伙应该也不会相信。葵深深地叹了一口气，转身看向千佳。

“那你现在要不要和我一起去？”

葵的语气仿佛在说“就让你见见我找的老男人”。千佳僵了一秒，眼神立即亮了起来。似乎是脑海里的音符奏响一般，她欢呼一声“耶”，蹦蹦跳跳地紧跟在葵的身后。

“相生的男朋友果然已经工作了吗？有还是学生的朋友吗？虽然社会人也不错啦，但我想找一个在上大学的男朋友，和他一起去食堂里吃一次饭……”

葵说“不是你想的那样”，不知为何，千佳好像还是没听懂。她似乎能屏蔽不想听的话，笑着朝自己期望的方向全速前进。

——嗯，没错，这种莫名其妙的乐观和正道很像。

她们走出正门，就看见茜的吉姆尼朝她们开过来。葵稍稍挥了挥手，千佳便兴奋地朝马路探出了身子。

“来了？”

千佳看清了坐在吉姆尼驾驶座上的茜，脸上的神采瞬间黯淡了下去。

“这是……葵的朋友吗？你好呀……”茜完全不了解状况，打开驾驶座旁的窗户向千佳问好。

“啊，你……你好……”千佳一边支支吾吾地回应着，一边看向了葵。她的表情简直在说“这和说好的不一样吧”，却被葵满不在乎地无视了。

就在这时，茜的手机响了起来，似乎是来了电话。

“听见了。”茜把手机按在了耳边说道。

千佳仍然幽怨地盯着葵。

“我没骗你吧？”葵如此一说，千佳便噘起嘴，发出“呜呜呜”的声音。

“咦——”茜忽然叫出了声，葵和千佳都不禁绷紧了肩膀。

“被鹿弄进医院了？”

茜难得发出这种失控的音量，葵不由自主地和千佳面面相觑。

“鹿？”

这次，声音显然凝重了起来。

3

“嗯，贝斯手伊藤先生和鼓手儿玉先生惨遭毒手了。”

市民医院的某个病房里，担任新渡户经纪人的那个男人朝茜和正道深深地低下了头，接着便一脸无奈地瞥向一旁的伊藤和儿玉。这两个伴奏乐队成员正躺在床上，输液的针头扎向两人的手，他们仍反复说着“实在美味极了”“我一点儿也不后悔”这样的话。明明身体很难受，他们却非常满足。

“你们倒是给我后悔啊！都说了要好好烤熟的！”

经纪人朝他们俩怒吼着。虽然是在医院，但护士也没有阻止他，反而无可奈何地看着伊藤和儿玉。

开车来医院的途中，葵听茜说了这件事的经过。

原来，昨天来到秩父的新渡户团吉和他的伴奏乐队成员们，今天在市内游玩各处景点，品尝各种知名美食。原因是新渡户声称必须这样做才能写出本土歌曲，在造访那些店时，必须吃完菜单上的所有菜品才能领会店主的心意。

——咦，这是被敲诈了吧？

虽然葵这么想，但说出来的话似乎会让话题偏离，所以只好一言不发。

长瀞溪谷漂流、天然矿泉水制成的刨冰、味噌猪肉盖饭、核桃荞麦面……以及鹿肉，他们挥霍着市政府的预算经费大快朵颐，然后轰轰烈烈地食物中毒了。

“哇，太摇滚了！不愧是音乐家！”

坐在葵身旁的千佳激动地看着姐妹俩。葵这才疑惑起来，为什么这家伙还要一直跟到医院啊？葵还没来得及反应，千佳就已经神采奕奕地问着“咦，音乐家？那些人长得帅吗”，钻进了茜的车后座。

“总之，治好炎症前的这一周需要绝食。”

听到护士这句话，在场除了葵与千佳以外的人都哀号了起来。茜望向天花板叹息着“糟了”，正道则在一旁抱住了头。

“正式演出应该没希望了吧？唉，不过幸好还有音源，最不济就不用现场演奏……”正道向经纪人提出意见，经纪人一脸无可奈何，正当他要点头时，葵身后的门忽然被推开了。

“我反对！”

新渡户的语调仿佛在唱演歌，他气定神闲地走进了病房。

“音符也是生物啊，是有生命的。如果不是现场演奏，我就无法唱出演歌里包含的情感。本人新渡户团吉，坚决拒绝卡拉OK式的表演！”

他迈步走到正道跟前，用夸张的肢体动作发出宣言，令人不禁想问一句“这难道是你的舞台吗”。想必在新渡户的脑海里，一定有束聚光灯照在他的头顶上，观众席响起了热烈的掌声和欢呼声。

“但……但是，现在才开始找新人也……”

经纪人说着，看向他的侧脸，仿佛在哀叹“这位老爷又开始了”。正道也拼命点头，试图帮腔。然而，新渡户并不退让。他气势汹汹地重复道：“我拒绝！”

茜沉默地看着争论的三个人，忽然像是想起什么一般，摸了摸自己的下巴。不知为何，她看向了站在门口的葵。

“目前缺的是鼓手和贝斯手，对吧？”

正道听见茜的嘀咕，回答道：“嗯，倒是没错。”茜的脸上突然露出兴奋的神色，只听啪的一声，她拍了一下手，问道：“鼓手和贝斯手不就在这里吗？”

茜注视着正道，接着又看向了葵。

“什么？”葵情不自禁地歪起了头。

音乐之都庆典的会场在秩父缪斯公园，那里正进行着彩排的各项准备工作。

缪斯公园是一座建在山顶的大公园，这里配备了音乐厅、露天舞台、网球场以及泳池等设施。在一间用于彩排的小音乐厅里，工作人员正紧张地忙碌着。

正道与葵将顶替因吃鹿肉病倒的鼓手和贝斯手进行演奏。

音乐厅的入口处，听闻这件事的其他乐队成员们露出了凝重的表情。他们一脸怀疑地看着突然出现的葵和观光科职员正道。

“啊？什么啊？”

慎之介最先叫出了声，只见他恶狠狠地盯着经纪人。话音刚落，小号手与电子琴手便发出感叹：

“居然找来女高中生和市政府公务员代演……”

“不是很有趣吗？”

“不……不行吧？”慎之介仍然紧绷着脸。

“不过，新渡户老师倒是兴致勃勃啊，现在正亲自去办事处说明情况。”

经纪人的话令正道烦恼不已。他痛苦的嘀咕从牙缝里漏了出来：“为什么会变成这样？”

看着焦躁的慎之介，千佳的脸颊竟然泛起红晕。她眼神闪烁着，瞳孔深处仿佛映出了爱心。

——等一等，等一等，拜托别这样啊……

这下子轮到葵烦恼不已了。

——话说回来……为什么这家伙还一直跟到了音乐厅啊？

“我不想被人看作是‘小鬼的胡闹’。”慎之介的声音格外冰冷，入口处的空气仿佛随之冻结。咔嚓，葵甚至听见了玻璃裂开的声音。那个声音，来自她的心底。

“我可是用专业的态度演奏到今天的。”慎之介如同咬着牙一般逐字说了出来。明明是很冷淡的语气，“专业”这个词听起来却格外沉重。谁也没察觉葵悄悄地握紧了拳头。

“……眼瞳之星，不是你对我说的吗？”

眼前这个人还是高中生的时候明明对葵说过“你是眼瞳之星”这句话。

“什么？”慎之介的声音仿佛带刺。他不耐烦地看向了葵。他的眼球里也有一颗和葵相同的黑点，眼瞳之星的证明的确还在那里。不过，慎之介连那种事都已经不记得了。说不定，他已经忘记自己长着一颗这样的眼瞳之星。

——明明我……我可是一直都记得那句话的。

比起沮丧，葵的愤怒要强烈得多。她再次握紧了拳，用力地咬紧了牙关。

“你也该见识一下这是不是胡闹吧？”

这句话让葵的口腔里泛起热意。她说出这句话时，应该带着更高的温度。

“喂……”正道看向葵，试图劝解她。然而，从音乐厅的出入口处传来一个嘹亮的声音，完全打断了他。

“Good idea(好主意)！务必让我见识见识！”

新渡户穿着疑似彩排用的运动衫，风风火火地走了进来，仿佛在宣称“我走到哪里，哪里就是花路”，最后缓缓地站定在葵一行人面前。

茜紧跟在他身后走了过来，慎之介迅速将目光从她身上移开，却还是被葵看在了眼里。

听从新渡户的指示，葵进入准备进行彩排的音乐厅。茜、正道、慎之介以及伴奏乐队的成员们也依次走了进去。

虽然只是用于彩排的小音乐厅，但也足够气派了。从天花板射下的橘色灯光，映照着葵正在为贝斯调音的手上。

慎之介正对着葵，双手背在身后瞪着她，仿佛在说“有本事就让我看看行不行吧”。千佳在他身后，一脸稀奇地东张西望，丝毫不在意自己是否碍眼。

“阿道。”

葵的身后是整套架子鼓，正道坐在那里，沮丧地叹息着。

“唉……为什么会遭遇这种事？”他如此抱怨着，自暴自弃地脱下了正装外套，松开了领带，然后将衬衫袖口卷上胳膊，架好了鼓棒。短短一瞬，他露出了与十三年前担任乐队鼓手时相似的神情。

慎之介仍然一脸不悦，紧盯着葵。面对这样的他，葵不甘示弱地瞪了一眼他眼睛里那颗眼瞳之星的证明。

葵深呼吸着，拨动捏在指间的拨片撩起了弦。一下、两下、三下，音符连接起来——葵弹起了贝斯。

从她的身后传来了正道敲击小鼓合上节奏的声音。没错，就算未经练习，就算没有事先商量，正道应该也能配合葵。毕竟，葵选择的曲目是那首《Gandhara》。

葵凑近眼前的麦克风，调动腹部呼吸，发出了声音。

据说如果抵达那里

任何梦想 都能实现啊

所有人都想去往 那遥远的世界

那个国度名叫 犍陀罗

存在于某处的 乌托邦

究竟怎样才能抵达

请告诉我

歌声直接传进了慎之介的耳朵，他的表情却没有变化。不过，葵的声音响彻音乐厅，淡淡的橘色灯光与贝斯的低音夹杂成一体，在正道的鼓声之间跃动着，回响着。余音一层一层地回荡在音乐厅里，仿佛堆积的白雪一般。

伴奏乐队的成员们聚集在角落交谈着什么。葵虽然听不清，却能看见他们顿时精神焕发。

“哇，太帅了！”千佳发出兴奋的尖叫。再看她身旁的慎之介，果然还是一脸不悦。

——什么啊？

葵继续唱着，在心底狠狠地责备起来。

——为什么摆出那副表情听《Gandhara》啊？为什么，为什么？再怎么说，这首歌可是你……可是你们一起唱过的，不是吗？

In Gandhara Gandhara

They say it was in India

Gandhara Gandhara

爱之国度 Gandhara

葵之所以站在这里，就是想给慎之介一点颜色瞧瞧，想让他回想起一切，想让他感到后悔。

歌曲结束的瞬间，某种冰冷又疼痛的东西从音乐厅的天花板——不对，似乎是从比那里更高的地方落了下来。葵感觉心里抽搐，余音仍然盘旋着，她的手指已经松开了琴弦。

“棒极了！”

面对结束演奏的葵与正道，新渡户满脸笑容，毫不吝啬他的夸奖，甚至拍起了那宽厚的手掌。茜站在他身旁，笑盈盈地看着他们。

“我从演奏中感受到了‘爱’！相信你们一定能成为这次庆典的亮点！”

正道瘫坐在架子鼓的小凳子上，用力喘了一口气。虽然这首歌在高中时期演奏过无数次，但许久未敲击架子鼓的他还是疲惫不已。

葵低头看着汗津津的手掌与残留热意的拨片，耸起肩膀深吸一口气，看向了慎之介。

慎之介皱着眉，不耐烦地想要摆脱葵。他咂了咂嘴，将视线移开了。他高中时笑起来的脸庞一直藏在葵的内心深处，此刻却仿佛突兀地落下了一个墨点。那个墨点不断渲染着，越变越大。

“开什么玩笑啊？”葵嘟囔起来。

4

“太厉害了吧，阿葵！小小年纪就混进了专业的伴奏乐队啊！”

听说事情的经过后，慎之兴奋不已地朝葵的方向探了过去。祠堂里开着灯，周边已是一片漆黑。今晚居然连虫鸣声都听不见。

在这出奇的寂静中，慎之的赞赏与“阿葵”这一熟悉的称呼，奇妙地落在了葵的耳朵深处。

“没什么，大概是顺水推舟。”

葵用布擦拭着贝斯的琴弦，尽全力装出冷淡的语气，掩饰自己的害羞。

——再说了，我为什么看着慎之的脸会想起慎之介那家伙啊？

“不是挺好吗？小葵接近他本人，茜姐见到那个人的机会也会变多。”

坐在围炉旁摆弄手机的正嗣如此说道，慎之兴致勃勃地探头偷看起来。说起来，十三年前还没有智能手机呢。

“没错，撮合那俩人的机会来了。”

“不过，我真的能做到吗？”

葵将擦亮的贝斯架在膝盖上，注视着今天与自己并肩作战的这把贝斯。

“和专业的乐手一起……”

偏偏葵自己还对老师说要在东京靠乐队夺取天下，现在却被巨大的不安笼罩着，不禁开始示弱了。她这才知道，自己只是拼尽全力试图离开茜和这个城镇。她明明没什么自信，仅仅是希望茜不再被她束缚，想要离开此刻的容身之处罢了。

“你能做到的吧？”

葵循着慎之的声音，愣愣地抬起头。她的思绪被卷进黑暗的旋涡里越陷越深，忽然又被轻轻地拉回了空气充沛的世界。

“毕竟你和我一样是眼瞳之星，对吧？”慎之指着自己的左眼，笑了起来。

实在难以置信。眼前这个慎之居然会在十三年后变成那样的人，然后用他枯草一般的眼神怒视着葵。

祠堂里的生灵慎之，和当初一样称呼葵为“眼瞳之星”，还相信葵“能做到”。

三十一岁的慎之介滴下的黑色墨点，慎之用手心一抹，轻易地拭去了。

“很好，那么开始练习吧！乐谱带来了吧？”

葵察觉自己的嘴角不知何时已经舒展开了。正嗣在一旁注视着，露出了意味深长的神情。见状，葵慌慌张张地从包里掏出了乐谱。

“喂——葵——你在吗？”

就在这时，茜的声音传了进来，听起来似乎很近。

她就在门外。

葵慌了神，迅速放下贝斯站了起来。正嗣也手忙脚乱地环顾四周。唯独慎之呆呆地注视着门的方向。

“喂，别发呆了，快藏起来啊！”葵没来得及说出口，茜已经推开门走进了祠堂。

“咦？”茜歪了歪头，手腕上还挂着便利店的塑料袋，“你们俩在干什么呢？姿势这么奇怪……”

她看着葵和正嗣僵在半空中的动作，不禁笑了起来。回头一看，慎之已经不见了。葵和正嗣一遍又一遍地环顾室内，都没有发现他的踪影。

“没……没什么……茜姐才是，有什么事吗？”

茜挠了挠脸，似乎有一瞬，露出了纠结又抱歉的表情。

“啊，我想说，不好意思，今天难为你了。”

“咦？”

“怎么说呢？我想象着葵站在大舞台上的模样，不知不觉就推荐你了。”

葵一直思索着，茜推荐她与正道加入伴奏乐队时究竟是怎么想的。那可是新渡户团吉的伴奏乐队，更别说慎之介也是其中一员。

——什么啊？原来是那种笨蛋父母溺爱子女的心情啊。

“那件事啊，没什么啦。其实，尽管说不上为什么，但我也开始期待了。”葵说着，将视线从茜身上移开。

“这样啊……”茜松了一口气，露出了笑容，“哦，我买了零食。嗣也一起吃吧。”零食将袋子塞得满满当当，茜递给葵，交代了一句“别练到太晚”便离开了。

葵望着她远去的背影，不知为何那步伐显得非常轻盈。葵心想，原来茜一直在为傍晚的事情烦恼啊。

“总算蒙混过关了……”正嗣接过葵手里的袋子，从里面掏出一袋零食打开了。

“嗯……”

不过，慎之究竟消失到哪里了？葵左顾右看，只听咔嚓一声，慎之居然从天花板缓缓落下。

“咿呀——”不顾葵的尖叫，慎之的腿挂在横梁上，身体悬在半空中，眼睛深情地注视着祠堂的门。

“变成阿姨了啊……”慎之将双手抵在后脑勺，看上去很开心。让他见到了未来的茜，他一定很高兴吧。

“再怎么说……”就算对慎之来说只是几天前的事情，现实世界也已经过去十三年了。葵刚想如此解释，却听见慎之用力吸了吸鼻子。

“超级无敌可爱的阿姨。”

慎之呜咽着，鼻子吸了一次又一次。他仍然倒挂在半空中，手掌覆在眼睛上擦了又擦。

“比任何模特、任何写真偶像都可爱、都漂亮的阿姨。”

慎之反反复复地叫着阿姨，目光无比温柔。他用微微湿润的眼睛注视着茜刚才站立的位置。葵从来没见过他这样的表情。那注视着心爱之物的眼神，反而让一旁看着的人不好意思了。

“我说，你没事吧？”正嗣一脸莫名其妙地问道。

“怎——么可能？”

慎之一鼓作气从横梁上跳了下来，他的眼睛里已经没有泪水。不仅如此，那双眼睛闪闪发光，似乎住进了什么其他的事物。

“茜不知比我更难熬多少吧？”

是决心，那是下定了决心的眼神。

“对我来说只是过去了一两天，茜却一直孤身一人。好想快点让茜幸福。”

慎之如此说着，仿佛把话深深刻在了心上一般。葵忍不住叫起他的名字。

“慎之……”

孤身一人。的确，茜一直孤身一人。虽然她们一直在一起生活，但正因如此，茜一直孤身一人。尽管茜说遇见过“也算是”那种关系的人，但她至今仍然孤身一人，这一定是因为葵。

——是我，让茜姐孤身一人。

“噢……话说回来，变成大叔的我，弹吉他应该更厉害了吧，对不对？”

“会吗？算是吧……”

“真的吗？”

正嗣把零食放回袋子里，从口袋里掏出手机，说道：“我录视频给你看吧？”

他举起了手机，示意就用它录视频，慎之的眼睛立刻亮了起来。

“居然还能录视频，智能手机真不得了！你刚才玩的游戏看起来也很厉害，要不借我一晚吧？”

“当然不行。”正嗣冷漠地摇了摇头，将手机放回了口袋里。见状，葵从校服口袋里掏出了自己的手机。

“那我借给你吧？”

“咦！”正嗣一脸震惊，他小小的声音被慎之的大声喊叫完全淹没。

“可以吗？”

“没关系，一天而已。何况会打电话来的也只有茜姐和嗣。对了，密码是……”

“喂，这是个人隐私！”

葵无视正嗣的劝告，解锁后将手机递给了慎之。慎之一脸高兴地将手抚在了葵的脑袋上。

“Thank you（谢谢你），阿葵！你啊，真是被教育成了一个好孩子呢。”

慎之坚实的手掌在葵的头上打着转儿。

“喂，别随便揉我的头！”

明明手臂被推开，慎之脸上仍旧笑嘻嘻的，发出了爽朗的笑声。

“我说，真的要录视频吗？”

从祠堂回家的路上，葵转头向跟在身后的正嗣询问道。在这条昏暗的小路上，他们小心地避开延伸的树枝与脚边的根茎，朝鸟居的方向走着。

“为什么这样问？”

正嗣歪了歪头。葵不禁叹起气来，这才想起正嗣还不知道三十一岁的慎之介是怎么样的人。

“我觉得，慎之看见现在的自己，可能会失望。”

“会吗？”

“会的！慎之虽然是笨蛋，但时不时会很温柔，而且绝对不会瞧不起人！”

慎之与三十一岁的慎之介完全相反。

“再说了……”葵刚想继续说下去，就发现正嗣正紧盯着她。那是充满洞察力且意味深长的眼神，葵的脸颊瞬间变热了。

——幸好回家的路很暗。

“干吗？”葵铆足劲儿才从嘴里说出这句不客气的反问，正嗣一听，愣愣地耸了耸肩。

“没什么……”

只听咔嚓一声，正嗣踩在小小的树枝上，再次往前走去了。葵在落后几步的距离，跟着他走去。

5

“咦？”

葵发现千佳正举着手机朝她录像，故意用冰冷的语气搭话。

“你怎么在这里？”

彩排今天也在缪斯公园的音乐厅进行。葵以贝斯手的身份来到音乐厅，却看见千佳正坐在入口处的长椅上，一副自己也是相关人员的表情。

走出学校时，葵还因为没看见她的身影松了一口气，没想到她居然先一步来到了这里。

“你要录慎之介先生的视频，对吧？交给我吧，我擅长！”千佳紧握着手机，继续说道，“我还会做些其他的杂活，类似经纪人吧。”看来，她完全没有离开的意思。像这样把私心表露得明明朗朗，反而让人感觉清清白白了。

葵瞪着坐在千佳隔壁长椅上玩手机游戏的正嗣，欲言又止。

“我过来时她已经在了。”

于是，正嗣就把要录慎之介视频的事情说了出来。

“算了吧，素材越多越好，不是吗？”

“说得真好啊，小不点！”千佳扑哧扑哧地笑着，葵和正嗣不禁叹了一口气。一位男性工作人员走了过来，提醒葵差不多要开始彩排了，让她准备一下。

——你和我一样，是眼瞳之星吧。

葵想起昨晚慎之的话，立即回应一句“好的”。

彩排于下午四点在小音乐厅进行。依照庆典当天的节目单，一首一首地进行表演。

千佳与正嗣装作拍摄葵的视频，实际将手机镜头锁定了慎之介。

“慎之介先生果然好帅啊！”千佳举着手机兴奋地感叹道。

慎之介表情没有变化，目光深处却蒙着阴影，满是不耐烦。葵仿佛听见慎之介对她说道：“居然带着朋友来彩排，这可不是小鬼玩闹的场合。”

“辛苦了……还需要检查一下器材，请稍等……”

全部曲目结束后，工作人员们忙碌地来回走动。葵仍将贝斯抱在怀里，重重地喘了一口气，总算跟完全程了。正道握着鼓棒，已然像鬼一样的表情，葵和他一样，竭尽了全力。

一首一首，曲起，心跳就会变得僵硬；曲终，便感觉身体里的氧气都被耗光。

“那算什么？”慎之介的声音冷不防地在耳边响起。

抬头一看，他仍然站在原地，紧紧地盯着葵。

“你在开玩笑吗，小葵？”

“咦？”

“你，是贝斯手吧？为什么那么拼命地引人注目？”

“咦？”葵再次发出困惑的声音，看向了身旁的小号手与长号手。只见他们俩带着苦笑，闪躲着葵的视线。

也就是说，慎之介说得没错。

“对……对不起。”葵无法直视慎之介的眼睛，于是微微低下了头，瞬间便感到羞耻不已，无法抬起头来。她来到这里并不是抱着小朋友玩耍的心态，也没有幻想着自己融合在专业乐手里演奏的模样，更不是为了向专业乐手炫耀自己的技术。然而，她却好像完完全全这样表现了。

“麻烦，说到底，女贝斯手根本就不适合。”慎之介嚣张地说道，葵忽然想起慎之的话——

“那等你长大，就是我们的贝斯手了。”

高中时的慎之曾经对四岁的葵如此说过。

——这是你说的吧？是你，这是你对我说过的话吧？

无声的反驳把葵的心里搅得一团乱。

“手和身体都太小了，很难稳定节奏……”慎之介还在说伤人的话。和慎之相同的脸，和慎之相同的声音，与慎之一样长着眼瞳之星的证明，这样的他却一直在否定葵。

“算了算了，我们是业余的嘛！”正道试图插话，他坐在架子鼓的小凳子上，朝慎之介挥了挥鼓棒，“才刚开始，多少会有点……”

“业余的闯进专业乐手的世界本身就是问题吧？”

葵的喉咙深处像是被堵住了一般，呼吸变得困难起来。她紧紧地抓住了贝斯的琴枕。

“你也好不到哪里去，阿道先生。都是因为你跟着贝斯的节奏跑了，才会导致全面崩盘。连鼓手都无法稳住节奏，根本没法继续。”

或许的确如慎之介所说。不过，就算是那样，葵也想让这个满嘴抱怨、疯狂否定的三十一岁大叔，看看高中时的慎之是什么样的人。他虽然不够沉稳，可能还有点笨，但和现在的慎之介比起来，实在率真极了、温柔极了。他为什么会丢掉那时候的自己呢？

葵刚要开口反击，忽然有几个人接连走进了音乐厅。三个穿着颜色夸张的裙子、头发也盘得十分华丽的女人，正朝着这边——准确地说，是朝着慎之介挥起了手。

“啊，小慎！你在这里啊！”

与千佳甜腻的声线不同，那女人的声音可真是不一般，她试图展现甜美，实际却像辛辣的姜汁汽水。她们一脸稀奇地环视着音乐厅，接着互相感叹着“哇，真宽敞”，朝这边走来。高跟鞋踩在音乐厅的地板上，发出刺耳的声响。

“嘿，小英子！”担任长号手的男人亲昵地呼唤起其中一人的名字。葵战战兢兢地看向慎之介，只见他拉长了脸，凝视着那群女人。

“咦？你们怎么……”他总算发出了困惑的声音。

“来接你们呀。”

茜比那几个女人稍稍慢一点走进了音乐厅。慎之介的表情瞬间凝固了。

“新渡户先生好像已经先去店里了。不愧是专业乐手，生活确实不一样呢……”茜的声音里不带一丝情感，就连葵都感到背脊发凉。看来，这三个打扮得光彩夺目的人是夜总会的陪酒女。

“我来了哟，小慎！”

其中一位陪酒女妩媚地依偎在慎之介身上。“不……不是那样的……”慎之介反反复复地嘀咕着，另外几名乐队成员已经在她们的邀请下开始了收尾工作。

“嘿，小慎，走吧？”

“喝醉后的慎之介先生，可坏了呢……”

“快点嘛，小团还在等呢……”

三个人刻意将尾音拖得很长，催促着慎之介。葵还以为千佳的幻想已经破灭，谁知她感慨道“哇，原来是狂野型啊”，居然看起来还很开心。

——这家伙怎么回事啊？这乐观的思考方式从哪里来的啊？

葵光是看着也很烦躁，便将视线从慎之介身上移开了。

茜非常轻地叹了一口气，离开了音乐厅。

“看来今天结束了。”

录像也随之结束，正嗣说着，将手机收回了口袋。千佳站在他身旁，继续摆弄着手机。“在做什么啊？”正嗣歪头朝她手边看了看。

“相生同学……”千佳叫起了葵的名字，“视频文件已经发到你手机了噢……”

葵发自内心地后悔昨晚把手机借给了慎之。

“这个——可恶的大叔啊啊啊——”

慎之的咆哮声回荡在祠堂里，仿佛整座房子都随之摇晃。

慎之紧握着手机，气得满地打滚。他从这边滚到那边，接着又滚回这边，暴躁地在祠堂滚来滚去。

“哎呀，你看过了啊……”正嗣推开祠堂的门，伸手蒙住眼睛。

“搞什么啊，这个卑鄙的大叔！居然还去夜总会……这样下去，我没法把茜交给他，在撮合他和茜之前必须先让这个可恶的家伙改过自新！”

慎之再次看向手机。这些天，户外休闲椅几乎都被他占据着，葵总算坐了上去，注视起自己的贝斯。

她不愿再看到慎之介丑恶的模样，更难以面对自己在彩排时的糟糕表现。时间一分一秒地过去，那些片段就越发沉重地袭击过来。

“不过，也算是……”慎之失控一般的咆哮声忽然变得低沉。闻声看去，只见他正背靠墙，遥望着远处。因为他才在地上滚过，所以头发乱糟糟的。

“真的成为专业乐手了……”

对于未来的自己、作为成年人不够帅气的自己，他的声音里仍然充满着羡慕与温柔。

“可恶，一个肚脐眼向外凸的家伙居然还敢耍酷！”

“咦，他肚脐眼外凸吗？”感到好奇的葵不假思索地问道。

“嗯！你要看看吗？”

慎之卷起衬衫的下摆。葵并不确定他的肚脐眼是否真的外凸，迅速摆出“不必了”的表情，将脸背了过去。

“事已至此，接下来就靠阿葵了。”慎之松开衬衫，站了起来。

“咦？”

“你要一鼓作气地完成利落的演奏，把那家伙的傲慢打击成不值一提的碎屑！”

葵看着慎之握紧的拳头，瞬间将手放在了贝斯上。

她不禁想起了慎之介彩排时那冰冷的视线、咂嘴的声音以及恼火的表情。而比那些更令胸口发凉的，是一心试图引人注目、不断向前显摆的自己。

“我……做得到吗？”

“当然做得到啊！是你的话一定没问题。”慎之迅速地指向了自己的左眼，“对吧？眼瞳之星！”

他的眼睛像十三年前一样清澈明亮，目光锁定着葵。令人不禁感叹，他实在是长着一双美丽的眼睛。那圆圆的眼珠里，充盈着期待、自信、野心那一类的神采，闪闪发光。

葵回过神来时，已经缓缓地点了点头。

“嗯，嗯……”

一旦点过头，一股力量便不可思议地涌了上来，一阵温暖的风仿佛吹过葵的胸口深处，驱动她再次奔跑。

“嗯！”

真是奇妙的心情。葵明明傍晚才遭遇了挫败，现在又相信自己能做到了。如果慎之如此相信，那她也想要试着相信。

正嗣看着这样的葵，满脸写着“真是单纯啊”这几个字，葵也不在意了。

“很好！那么趁早开始练习吧，带节拍器了吗？”

“应用程序也行的话，我手机里就有……”

“又是手机？这玩意儿真是厉害啊！”

葵瞟了一眼正专注研究手机节拍器的慎之，调整了一下肩膀上贝斯背带的位置。

就在此刻，她忽然想起，如果一切都顺利进行，慎之介再次和茜交往，到那时候，“慎之”就会回到“慎之介”的本体里去。那么，现在眼前这个“慎之”究竟会怎么样呢？他们一起度过的这些时间，又将归于何处呢?

“作为贝斯手，无论场面变得如何混乱，都必须找准节奏带动大家。你既需要倾听队友的演奏，又不能乱了自己的节拍。”

慎之完全没有注意到葵的担忧，饶有兴趣地提出了一些建议。葵凝视着他那张与自己在相同位置长着一颗黑痣的脸。

更为贴切地说，她看得入迷了。

而葵很久很久之后，才察觉到这一点。

***

陪酒女来袭后的第二天，慎之介没有出现在音乐厅里。放学后，葵来到缪斯公园这间小音乐厅，只看见慎之介以外的乐队成员们在准备乐器。

“咦……慎之介先生不在吗？”听正道解释完情况，千佳沮丧地垂下了肩膀。葵忍不住朝正道追问道:“为什么？马上就要正式演出了！”

“也怪不得他，今天本来没有彩排的计划……”

的确，今天原本应该是休息日，但因为葵和正道作为帮手临时加入了伴奏乐队，这才匆忙安排了练习。

“而且他说，配合业余的人练习，手指都会变迟钝。”

葵听见正道小声的补充，只感觉大脑里叮的一声，似乎有什么断了。

“……人渣！”葵低头咒骂道，不由自主地用力握紧了拎着贝斯琴箱的那只手，“瞧不起人也该有个限度吧……这和慎之完全不同吧。究竟经历了什么才会变成这样的人……”

“慎之？”千佳捕捉到葵说的话，歪着头疑惑起来。

“哦，那是慎之介以前的昵称。”

正道如此解释着，葵却摇起了头。

“才——不是！慎之才不是慎之介！”

——不是，完全不是。

葵摇了好几次头，千佳更疑惑了，再次歪起了头。

庆典的工作人员从音乐厅走出来，叫住了正道。

“欸！”正道回应道，又看向了葵，“听话，该练习了！我们俩是节奏小分队，不好好把控住场面可不行。”

“我当然知道！”

既然慎之介不来，今天葵也不会再因为他恼火了。只有尽全力练习，才能攻他一个出其不意。

千佳完全不懂葵的决心，在她身后嘟囔道：“慎之介先生不在的话，我也回家喽。”

那天的练习一直持续到音乐厅的使用时间结束。没有慎之介的乐队安静且和平。不仅没有人当众挑刺，说什么小鬼、女人、业余的之类的话，和慎之介以外的伴奏乐队成员们也圆满地合上了节拍。

然而，明明慎之介不在，葵总觉得他就站在以往的那个位置，正一脸焦躁地看着她，甚至还能听见他咂着嘴说“真差劲”。葵用拨片扫着琴弦，试图拂去这些画面。

音乐厅的练习结束后，葵就前往祠堂和慎之一起练习。

“好，那么再弹一遍吧。”

葵伸手去拿放在音响上的手机，正打算再次播放新渡户的庆典演唱曲目时，忽然听见慎之询问道：“没事吧？你不是一直在弹吗？来这里之前也和阿道练习过了，对吧？”

慎之伸展着腿坐在祠堂的地板上，担忧地看着葵。

“没事。”

“而且都快九点了吧？”

正道确实交代过，祠堂里的贝斯练习要在九点前结束。

“现在是非常时刻，阿道会谅解的。”

“那不用学习吗？”

“我都说没事了，反正我也不打算升学。”

葵一不留神就用了不耐烦的语气，手指向上滑了滑手机屏幕。慎之继续询问道：“是吗，那你要做什么？”

该不该说呢？葵犹豫了一下。

“……去东京，进行乐队活动。”

葵说出这句话后，没有从任何人那里得到过乐观的回应。茜也是，老师也是，正嗣也是，正道也是，朋友以及同学也一样。

然而……

“哇——继承我意志的人居然就在这里！”

室内的温度仿佛瞬间升高了，接触到皮肤的空气都变得温暖了，葵看着慎之，被他吸引着。慎之的身体朝这边探了过来，令葵的脸颊泛起了红晕。葵甚至产生了错觉，看见他的眼眸深处划过了流星。此时此刻，流星仿佛也朝着她坠落。

——啊，没错，慎之就是这样的人。

“别这么直接地夸奖我。我是别有用心的。”

“别有用心？”

葵的双手用力捏紧了手机。

“我之所以想离开这里，是希望茜姐能够自由地活下去。”

葵的眉间泛起了沉重的疼痛感，她把目光扫向一旁，低下了头。

“因为我的缘故，茜姐一定无数次克制着自己想做的事情。如果我留下来，茜姐会永远被束缚着。”

明明这种心情从没对任何人提起过，明明决定了不对任何人说……葵无力地瘫坐在一旁的凳子上看着慎之，而他也沉默地注视着葵。他并不闪躲目光，也丝毫没有低头，只是径直地看着葵。

自然而然地，葵的心声又擅自跑出了身体。

“而且啊，我也没有什么特别想做的事，当然不想再浪费她的钱。我不想因为自己，再给她添任何麻烦了。”

隔着一些距离，葵仍然听见了慎之的呼吸声。

“是这样的吗？你有些自责过度了吧？其实，没有人认为是你的错。”

“邻居阿姨也好，亲戚们也好，大家都是这么觉得的。”

茜高中时就失去了父母，原本应该有无数充满希冀与欢乐的事情在未来等待着她，她却只能选择照顾四岁的葵。为了葵，她放弃了一切。是葵，让她放弃了与慎之一起去东京的约定，放弃了慎之。

“阿葵……”慎之叫着葵，像以前一样，像她孩童时听过的那样，叫她“阿葵”。

“这都是事实。所以，我要离开这里。”

葵把藏在内心深处的话都说了出来，身体总算稍稍变轻了。她深呼吸着，嘴角不可思议地舒缓了。

“你真厉害啊！”慎之忽然如此说道。

“什么？”

——刚才我说的，你有在听吗？

葵睁大眼睛，盯着慎之。

“其实，我也思考过为什么自己会出现在这里。”慎之抬头看着祠堂的天花板，接着说道，“还生灵呢？我觉得肯定不是因为留恋之类的情感啊……”

不过……

说着，慎之望向了放在角落的“茜Special”。他短暂地凝视了一下自己那把琴弦生锈的吉他。

“实际上，我心里的某个角落，对离开这里感到害怕。”

原来如此。事到如今，葵才想起，现在的她已经和慎之一样是高中生了，并且和他一样想要离开这座城镇。

葵站了起来，走向慎之。

“关于这件事，你真的很厉害。即使有很多烦恼，你也认真地考虑过，然后下定决心离开这里……”

慎之的话还没说完，葵朝他的头伸出了手。就像前天他所做的那样，像十三年前他对葵做的那样，胡乱地揉起了他的头。

“啊？”慎之看向葵，于是她慌张地抽回了手。

“算是……之前的回礼。”葵紧张地将脸闪躲向一边，艰难地开口说道。

“居然说是回礼，你这家伙……”

“作为贝斯手，必须带动大家才行！”

慎之注视着葵，沉默了一会儿。接着，他终于忍不住苦笑起来。

“确实是！”他的笑声逐渐变大，“不愧是我们乐队未来的贝斯手啊。”

听到慎之混在笑声间隙的话，葵屏住了呼吸。“等等，我想想？现在已经是未来了？”他认真地思索起来，葵不禁打断了他。

“你还记得这个？”

慎之听见葵的提问，呆呆地眨了眨眼睛。

“什么记不记得，这不是我们的约定吗？你也是这样想着才继续弹贝斯的吧？”

葵将力气一股脑地注入放在膝盖上的双手。慎之一脸困惑地看了过来。葵瞬间便发现自己的脸因为那个理由而涨红，滚烫得像要燃烧起来一样。

“也对我……做一下。”葵低下头隐藏自己的脸，轻声说道。如果不用这种音量，声音一定会颤抖起来。

“什么？摸摸头就行了吗？”

葵听见布摩擦的声音，就知道慎之已经朝她的头伸出了手。她虽然看不见，却能感觉到慎之的体温正在接近发旋。

这与前天被摸头时的感觉完全不同。

——此刻，正被他摸着头的我，是否能够与慎之介站在同个舞台弹贝斯呢？

想到这里，葵铆足劲儿抬起了头。

慎之惊讶地抽回了手。葵不予理睬，撩起了自己的刘海。

“这是脑门！请给我，用力一弹！”

“咦……”看着葵一鼓作气伸过来的额头，慎之稍稍皱起了眉头，“算了，可以倒是可以。”

葵紧紧地闭着双眼，大声喊道：“要用尽全力！”

“明——白——”

葵知道慎之一定扬起嘴角笑了起来。只听咔嗒一声，葵的额头泛起了剧痛。

“好痛啊啊啊——”

她双手按着额头，用尽全力喊叫着，仿佛要将体内的血液全部燃尽，从身体倾吐出什么一般。

“葵……葵？”慎之担忧地看了过来。葵没有理会他，站了起来。

“那么！明天见啊啊啊——”

葵扔下疑惑不已的慎之，跑出了祠堂。被抛在身后的慎之似乎仍然在说着什么，呼喊着“阿葵”这个名字。

葵没有理会，继续往前跑。她穿行在昏暗的小路间，树枝一类的障碍物划过她的脸，泛起阵阵刺痛。

葵穿过鸟居，跑下石梯，来到距离祠堂足够远的地方，终于停了下来。她的肩膀也跟随着呼吸上下起伏，在夜晚的道路上，她朝着家的方向走去。她的手仍然按在被慎之弹过的额头上。

“我究竟在做什么啊？”

葵逐渐能够看见家了，那里亮着灯，茜在家。她一定在准备晚餐，等待着葵回来。

“我要好好地撮合茜姐和慎之介……”葵用自己的声音、自己组织的语言，在胸口铭刻着，“不管是为了茜姐，还是为了慎之……”

不这样的话……葵隐约会有种一蹶不振的感觉。

真是不和善的店员。

究竟哪里让人不舒服呢？店员板着脸结账后，又板着脸将小票和找的零钱递给了慎之介。那张脸，实在有点像葵。

慎之介翘了练习，葵一定非常恼火。更何况他还留下了一句“配合业余的人练习，手指都会变迟钝”，真是火上浇油。

几天前，葵在小音乐厅唱了《Gandhara》，她的演奏与歌声忽然在慎之介的脑海里响了起来。

那首歌让慎之介露出了这世上最憎恶的轻蔑眼神。他的目光仿佛燃烧着，心底那个窝囊的自己跺起了脚。

慎之介手里拎着装有漫画杂志的袋子，用收银台旁的咖啡机沏了一杯热咖啡。单手拿着咖啡走出便利店，正好遇见一群高中生有说有笑地从眼前经过。其中两名学生带着吉他琴箱。是放学后要去练习吗？会在文化节上演出吗？

慎之介不由自主地将他们的身影，与高中时的自己以及当时的朋友们重合了起来。

慎之介、正道、番场、阿保、以及茜……已经成长为狂妄高中生的葵，当时还非常年幼又惹人喜欢。那时，他还被亲昵地叫作“慎之”。慎之，是怀抱着希冀和梦想的人。他坚信着自己会有灿烂的未来。他觉得只要足够努力，路就会越走越宽，所以决心离开这座城镇，前往东京实现梦想，回想起来实在是过于庞大的野心。

穿过小小的鸟居与树林后，会看见一座古老的祠堂，就是在那里，他用那庞大的野心描绘过盛大的梦想。

不能一起去东京了——茜说出这句话的那天，他闷在祠堂里一会儿，将那把以她的名字命名的吉他连同琴箱一起用胶带一圈一圈地缠了起来。

只身一人的寂静祠堂里，卷胶带时忧郁的声音持续回响着，那个声音至今仍然清晰地铭刻在慎之介的心中。

他还清楚地记得，亲手将吉他琴箱紧紧扣上时，那冰冷又感伤的声音。

慎之介孤零零地去了东京，搬进月租四万日元的小公寓里。房间空空如也，连窗帘都没有。就在搬进小公寓的那天，他发誓实现梦想后就回去接茜。

对了，那间公寓正朝西武池袋线，前往秩父的红箭号会从窗外经过。慎之介盯着那环绕着灰色车体的红色涂漆线，立下了誓言，如同诅咒一般对自己说道：“必须成为大音乐家，要成为有能力去接茜的人，要让茜放心地握住我的手。”

然而，现实真的不是那么容易，一切都不顺利。即使组建了乐队，写出了很棒的曲子，非常勤恳地演出，慎之介也没能成名。不知不觉中，其中一个成员说“看不见未来”，便离开了；又一个成员说“差不多该找工作了”，也离开了；还有一个成员说“我决定回老家了”，也走了。他的世界里重复上演着这样的离别。每次面临成员更替，整个乐队的音乐都跟着停滞。他当然也尝试过独自演出，却仍然磕磕绊绊。

挣扎着，挣扎着，慎之介遇见了加入新渡户伴奏乐队的机会。他最初还想，怎么可能加入演歌歌手的伴奏乐队。但是，慎之介已经走投无路了。他当时觉得，倘若错过这个机会，就没办法继续走音乐的道路了。

慎之介不由自主地叹了一口气，将装着咖啡的纸杯贴近嘴边，却发现咖啡烫得完全无法入口。

“好烫。”他轻声说道，就在皱起眉头的那一瞬间——

“啊！”一位正打算走进便利店的女高中生伸手指向了他。她的声音异常甜腻。

等她蹦蹦跳跳地靠近过来，慎之介才认出她是昨天和葵一起出现在音乐厅的女孩，她们俩之间的氛围实在说不上是朋友。她满脸笑容，站在了慎之介的面前，那是高中生的葵从未显露过的表情。

“找到了！”

第二章

1

在清晨喧哗的教室里，只要戴上耳机，就会有种只身逃离了的感觉。葵趴在课桌上，听着新渡户即将在庆典上演唱的拿手曲目，用指尖轻点着节拍。

似乎有谁推开了窗户。清晨微凉的风，拂过葵位于窗边的座位。风干干爽爽的，充满秋意。

附近的男同学大声地嬉笑起来。葵感到一阵厌烦，手指仍然在随节拍跳动。咚咚咚，咚咚咚，她用食指敲击课桌，试图让音符填满自己的思绪。

一不留神，昨晚额头被慎之用力一弹的疼痛，就苏醒了过来。慎之各种各样的表情和话语，浮现在葵的心头，挥之不去。

回过神来，打着节拍的手已经停了一下。葵叹了叹气，摘下了耳机。

“喂，听我说，千佳昨天和男人在一起！”

于是，周围的交谈声清晰地传进了葵的耳朵里。

“咦？真的假的？”

“真的，而且是很年长的男人！”

三个女同学兴奋地交谈着，即使隔着一段距离也能听清。她们或许以为自己在说悄悄话吧，其实整个教室都能听见。

“据说超级忧郁，是个大叔！”

“大叔啊……”

大叔——这个词语令葵脸颊一颤。

“不是不是，好像还挺帅的。”

“是有钱人吗？”

她们不怀好意的偷笑如同漩涡，葵的脑海里忽然浮现出慎之介的脸庞，仿佛看见他揽着千佳的肩膀，朝着黑暗走去。

葵的目光越过聊得热火朝天的她们，看到千佳的身影出现在了走廊。她张大嘴打了个哈欠，正打算走进教室。“啊，千佳来了！”三人中的一人如此提醒道。

葵站起身，大步迈向走廊。千佳看到葵，便招手说道：“早啊……”葵一把抓住那只手，朝与教室相反的方向走去。

“咦？怎么回事？”

葵没有搭理困惑不已的千佳，一直走到了走廊尽头的女卫生间。

“我都说很痛了，放开我啊！”

洗手池前，千佳甩开了葵的手，用平时绝不会出现的粗暴口吻如此说道。她看着葵的脸，一脸不解，诧异地问道：“干什么啊？”

“昨天，你和谁在一起？”

“慎之介先生，怎么了？”

她没有丝毫胆怯地说出了那个名字。葵咬牙切齿，怒视着千佳。

“人渣。”

“喂，你干吗？什么都没发生啊！”

——骗子。

“难道说，相生同学，你真的喜欢慎之介先生吗？”

千佳眯着眼笑了起来，语气里满是挑衅。葵的牙齿咬得更紧了。

“我怎么可能喜欢他？对我来说，慎之才是……”

——慎之才是，慎之才是，慎之才是，我……对慎之……

葵的表情僵住了，她垂下了头，盯着卫生间的地板，从紧咬着的牙齿缝隙间，缓缓地呼出了一口气。

看着一言不发的葵，千佳提高音量说道：“真麻烦……就算是我，也不会对朋友的男人下手。而且你说的慎之，和慎之介先生是不一样的吧？”

“是的……”葵点点头，勉强回答道。

——不一样，慎之和慎之介是不一样的，完全不一样。

“那么，你喜欢的是那个‘慎之’吧？”千佳调整了一下背在肩膀上的书包，满不在乎地问道。真的是满不在乎的语气。

“嗯，是喜欢！”

或许正因如此，她才说了出口。千佳被葵的大声回答吓到，不禁退后了一步。

“咦，那又怎么了？”

“我就是喜欢，有错吗？”

——当然有错。

葵的耳朵深处响起了这样的声音，那是她自己的声音。

“不，也没人说有错……”

千佳的话还没说完，葵已经双手遮住脸，蹲了下去。

“啊？这是怎么了？喂……相生同学？”千佳慌张的声音传了过来。

“就是有错……不行，那样是不行的……”

——不行，绝对不行。因为我有其他该做的事。我要撮合茜和慎之介，这是我和慎之的约定。如果让两个人再次成为恋人，慎之就会回到慎之介的本体里去。慎之会消失，实现愿望后，回归自我……我怎么可以喜欢上那样的他？

2

六点过后，茜回到了家。茜将吉姆尼开进庭院的声音、打开车门的声音、关上车门的声音、她的脚步声、钥匙声渐次传来。

门开了。

“咦！”

茜一声惊叫，甚至没来得及说“我回来了”。

葵坐在玄关附近的阶梯上，抬头看向茜。

太阳快要完全西沉了，家里十分昏暗。回廊、客厅、厨房都没有开灯，因此显得更暗了。

“葵，是葵吗？吓我一跳，你啊，要先回家就联络我一下嘛，给你打电话也完全无法接通啊……”

葵明知今天放学后茜会去接她，却不声不响地先回了家，茜应该生气了吧？说不定从明天起，她就再也不会接送了。葵想着这些事，沿着回家的路沉默地走了一个多小时。

“为什么……”葵朝着正在脱鞋的茜发问道，“不跟着慎之……”葵不经意便说了出口，接着立刻换了称呼。

“……不跟着慎之介一起走呢？”

茜正朝厨房走去，瞬间停了下来，双脚像是被粘在了原地一般，沉重地站在了葵的跟前。

“咦？”茜依然微笑着，“怎么了？忽然这么问……”

“茜姐如果跟他一起走了……如果是那样，慎之介一定不会变成那种混蛋！说不定，慎之一直都会是慎之！”葵的双手搭在膝盖上，握得紧紧的。

“啊，你在说什么呢？”

葵站起身来，直勾勾地盯着茜。茜依然在笑着。她一直是这样，父母在交通事故中去世后，她总是笑着。

“我……不想成为茜姐这样的人！”

就连在葬礼上，茜都在笑。她穿着高中的校服，被身着黑衣的亲戚和其他参与悼念的人包围着，微笑着对他们说感谢的话。他们说“要加油噢”，她便回答“会加油的”。

茜微笑着加油到了今天。

“克制着想做的事情，后悔着，在这种地方度过余生——我绝对不要这样！”

葵明明知道，让茜过着这种生活的人，正是她，所以她根本不想对茜说这种话。不对，不对不对不对。她明明不想对茜说出这么残酷的话。

“像个笨蛋！”

——真正笨的人，是我才对。

葵的肩膀上下浮动着，重复着短促的呼吸。接着她抬起头，屏住了呼吸。

果然，即使如此，茜还是在笑。她的目光深处仿佛蒙上了灰，十分落魄地朝葵微笑着。

“像个笨蛋，是吗？”茜嘀咕着，轻轻挠了挠脸颊。她没有生气，也没有流泪，但葵知道，自己已经伤害了她。

葵的膝盖像痉挛一般咯吱咯吱地颤抖起来。

在颤抖蔓延至全身之前，葵朝外面冲了出去。她抱起回家时扔在玄关的书包和贝斯琴箱，胡乱地踩上鞋，顺势把门完全推开。

门外寒冷的空气，瞬间扑上了滚烫的脸颊。

“葵！”

葵将茜的呼喊声抛在身后，跑了起来。

不能去祠堂，因为葵知道去那里只会更痛苦。最终，她选择去正嗣家。对于事情的经过，正嗣完全不了解。

“唉……我果然是个没用的家伙。”

葵坐在正嗣的靠椅上，抚摸着贝斯的琴身，小声说道。

“嗯。”正嗣坐在房间角落的一张椅子上玩手机，立即点了点头接话，“忽然闯进小学生的房间，像在自己房间一样东倒西歪，确实很没用。”

正嗣冷淡的语气让葵更恼火了，她喊叫起来：“不过，那个慎之介比我没用千百倍吧！”

“小葵，你走光了。”正嗣冷静地说道，葵装作没听见，站起身来。

“我决定了！”

葵走出正嗣的房间，穿过回廊，来到客厅，正道正缩在被炉里打鼾。被炉上放着写满备注的乐谱。旁边放着鼓棒，尖端部分已经破破烂烂了。

“小葵，你冷静一点儿。”

葵不顾追上来的正嗣，对正道大喊道：

“阿道！”

葵莽莽撞撞地朝正道走过去，他迷迷糊糊地睁开了眼，抬头便看见气势汹汹的葵，不禁发出了一声怪叫。

“我决定帮忙撮合阿道和茜姐！”

听见葵的大声宣言，正道夸张地打了一个大哈欠，揉起了眼睛，说道：“噢……这样啊……”随后，他猛然睁大眼睛站了起来。

“咦咦咦咦咦?!”

身后的正嗣提醒道：“爸，大晚上的别发出这么大声音。”正道慌忙捂住了嘴。

“葵，葵！”

即使如此，他还是很大声，仿佛整个家都在晃动。

“你之前说过，绝对反对她和离过一次婚的人结婚，对吧？”

“我撤回。总比被现在那个‘慎之介’抢走要好。”

就算和慎之介交往、结婚，茜也绝对不可能幸福，绝对！

葵用力咬住了嘴唇，不知为何，正道的表情忽然变得很平静，和平时总是慌慌张张变换表情的模样相比实在太不正常了，只见他镇静地看着葵。

“难得你这么说，但我不需要帮忙。”

实在太不像以往的正道了，他用相当淡定的声音说道。

“咦？”

“我决定把这次工作委托给新渡户先生的根本原因，就是慎之在那里。”

因为，慎之在那里。

听到正道的话，葵睁大了双眼。怎么回事——她想继续追问，却发不出声音。正道拿起放在被炉上的碳酸酒，喝了一大口。

“暧昧不明的事情实在太多，不好好收拾收拾，就没办法往前走啊。已经到了这个岁数，我也是，茜也是。”

他仿佛在说，成年人就是这样。看着他的侧脸，忽然有股无名之火从葵的胸口深处燃烧起来。

葵一把抓起正道放在被炉上的碳酸酒，朝正道的头顶倒了下去。

“好冰啊！”正道惨叫着，在榻榻米上滚了起来。葵将握在手上的易拉罐狠狠地捏扁了。

“喂，你干什么啊，葵？”正道瞪着葵，葵毫不客气地瞪了回去。

“肮脏。”

正道明知道慎之介没有帅气地实现梦想，居然还想着让茜与那样的他重逢来做出决断。选择这种卑鄙方法的正道、成为那种窝囊成年人的慎之介，这一切都很肮脏。成年人居然必须做这种事才能前进。随着岁数增长，居然必须被那些东西束缚着。

“什么成年人，跟阿道的私心一样，都很肮脏！”

“什么？”正道听见葵的叫喊，皱起了眉头。

“小葵……”正嗣担忧地注视着葵。葵把易拉罐塞进他怀里，沉默地离开了正道的家。

最后，她再没有可去的地方了。事已至此，葵对此刻无处可逃的这座城镇，更加憎恨了。

葵小心翼翼地推开了自己家玄关的门。茜似乎正在泡澡，客厅和厨房都非常安静。晚饭好像是炖菜。灶台处还飘荡着酱油和砂糖混在一起的温暖气味。

餐桌上放着一个被布盖住的碟子。掀开一看，是两个饭团。

海苔把饭团包裹得漂漂亮亮，葵看得出了神，不一会儿便听见走廊传来脚步声。

“葵，你回来了啊。”茜一边用毛巾擦拭着头发，一边走进了客厅，“你没有去祠堂啊？”

“茜姐，你去了祠堂吗？”葵战战兢兢地问道。毕竟，慎之就在祠堂里。

茜微笑着，仿佛之前的事情都没发生过。从这副模样上看，应该没发生看见慎之那种大乌龙。

“我带着捏好的饭团过去祠堂看了看，不过你不在，是去嗣那边了吗？”

“啊啊，嗯，是的。”

茜用毛巾包好头发，拍了几下，来到厨房。

“锅里还炖了蔬菜和鸡肉，和饭团一起吃吧。你应该很饿了吧？”

茜的目光不经意地扫过餐桌上的饭团，疑惑地歪起了头。

“咦？”

“怎么了？”

“我应该捏了三个饭团呀。”

碟子上只剩两个饭团，也就是说……

“是我在路上弄丢了吗？太暗了，我完全没注意到。”茜轻轻地拍了一下脸，笑着打趣道，“讨厌……真是的……”葵抿紧了嘴唇。

葵捧着饭团咬了一口，把脸颊塞得鼓鼓的。里面包着海带，佃煮海带上撒着少许芝麻。葵以前就非常喜欢芝麻那香喷喷的口感。

“坐下来吃吧，我再给你热一热炖菜。”

“饭团都是海带味的吗？”

葵咀嚼着海带饭团，如此问道。茜头也不回地回答道：“当然。”她好像在哼着什么歌，微微摇晃着肩膀，站在灶台前将炖菜盛入碗中，朝微波炉端去。

茜捏的三个饭团，其中一个是慎之吃掉的。

高中时，慎之一直吵着想吃金枪鱼蛋黄酱饭团，却一次都没能如愿，这样的他是怀着怎么样的心情吃下那个海带饭团的呢？

3

庆典定在后天，此刻天空却乌云密布，随时都会下雨。

在这样的天气里，缪斯公园的音乐厅前停了好几辆大卡车。为了正式演出，大家在露天舞台慌忙地进行着准备工作。葵站在挂着“第一届音乐之都庆典”这一巨大招牌的舞台上，悠闲地望着忙前忙后的工作人员。

茜拿着剪贴板，朝着观众席的方向走去。千佳在那边抱着一个小纸箱，喊着“姐姐”，跑到了她的身旁，似乎在请求指示。

没想到，千佳非常卖力地协助着庆典的准备工作。她穿着运动衫，勤快地安置着货物和资料。

“相生同学……”

千佳注意到葵，用力地挥起了手。葵毫不掩饰对她的无视，直接离开了舞台。

以伴奏乐队一员的身份站在舞台上的葵，并没有什么帮得上忙的活。为了不在正式演出上拖后腿，她今天也只能拼尽全力地练习。

葵走下露天舞台，正朝着小音乐厅走过去时，千佳追了上来。

“喂——喂——你要无视我到什么时候啊？”

“别靠近我，滥情女。”葵用最冷漠的语气说出了这句话，脚步丝毫没有放慢，走进了音乐厅的入口。

“哇，你取名字的尺度太过了吧？”

千佳愣了一秒，接着故意非常夸张地耸起了肩。千佳被人说是“滥情女”仍然一脸无所谓，她究竟长着怎么样的神经啊？实在令人无法理解。

“我都说了什么都没发生吧？”

千佳的语气里似乎充满了责备，仿佛在质问葵怎么都不听她说话。葵的怒气冲了上来，她把头发揉得乱糟糟的，看向了千佳。

“怎么可能什么都没发生？窝囊废配上滥情女，想都不用想就知道是不纯的异性交往。”

“我也觉得很意外啊。他根本正经得不得了，特别绝情的。”

千佳回答着，垂下了肩膀，一脸扫兴。看着千佳摆弄发梢，神情里满是失落，葵渐渐张开了嘴。

“啊——带我离开这里的王子究竟在何方啊……”千佳抬起头，郁闷地望着阴沉的天空，露天舞台那边传来呼喊她的声音——

“大泷同学，刚才拜托你准备的签到记录纸在哪里啊？”

“来了！”千佳立即正经地回应道，“不好意思！放在入口处那辆平板车上了！”她大喊着，朝庆典工作人员的方向跑去。

只剩下葵呆呆地站在原地。怎么回事？她不禁觉得唯独自己是非常幼稚、肤浅又可耻至极的人。

葵粗鲁地吸了吸鼻子，推开了小音乐厅的门。里面空无一人，葵还以为能尽情地练习了，谁知架好贝斯后，她完全无法投入。她一次又一次地弹错平时完全不会出错的地方，最终连半小时都坚持不了就离开了音乐厅。

关闭音乐厅大门时，她不经意瞥见了架子鼓。正道再不加以练习也很危险，不过他今天似乎以市政府职员的身份忙碌着。

为了茜，正道向新渡户发出了庆典演出委托，期待着茜与慎之介的重逢能让茜断了对慎之介的念想。

然后，他期待着茜会选择他。

虽然葵曾经短暂地想过要撮合茜与正道，但一听到正道的私心，这个念头便完全枯萎了。葵再次迷失了方向。

走出音乐厅后，葵选择绕向了人迹罕至的建筑物后侧。她远远地听着露天舞台那边热闹的声响，实在不想过去。

葵双手插在口袋里，走在种植着阔叶树的步道上。

葵踩在落叶上，脚底响起干脆的声音。夏天时郁郁葱葱的景象仿佛幻境，此刻眼前一片鲜艳的黄色。红、黄、褐色，葵用余光看着染上秋意的树木，往前走着。

潮湿的气味越来越重。或许很快就要下雨了。葵想着，抬头看起了灰蒙蒙的天。风吹过，葵听到了音乐声，是吉他的声音。

是慎之介弹吉他的声音。

葵循着音乐沿步道走去，刚好来到音乐厅的后门。

慎之介正悄悄地坐在一段偏僻的台阶上弹着吉他。

葵今天还没见过他，以为他又在偷懒，结果他居然正凝神注视着吉他的琴弦。葵看着那张脸，似乎看见了慎之的面容。

而且，他还唱起了《Gandhara》。

据说如果抵达那里
任何梦想 都能实现啊
所有人都想去往 那遥远的世界
那个国度名叫 犍陀罗
存在于某处的 乌托邦
究竟怎样才能抵达
请告诉我

那个三十一岁的金室慎之介，曾经怀抱着成为大音乐家的梦想去往东京，却没能实现，从此无法再做任何梦。他正唱着那首歌，在歌里寻找着远方某个能实现所有梦想的理想乡。

葵呆呆地注视着那样的慎之介。下一句就该唱到副歌了，他却忽然停了下来。葵这才发觉自己看到了很私密的场景，慌忙躲进建筑物的阴影中。

就在此刻，葵听见了茜的声音——

“为什么不唱了？”

茜从与葵相反的方向走了过来，或许是碰巧来这边寻找庆典工作人员，又或是寻找市政府的同事……抑或是，来寻找慎之介的。

“继续唱吧。”

茜伸手往前挥了挥，像是在说快点快点。慎之介就那样注视了茜好一会儿，仿佛死心一般，手从吉他上滑落了。

“我曾经以为只要去了东京，什么梦想都能实现，”慎之介停顿了一会儿，垂下了肩膀，“原来，不是那样啊……”

“你的梦想不是实现了吗？现在好好地做着弹吉他的工作。”茜温柔地回答道。

“只是演歌歌手雇佣的伴奏乐队而已，我并不是想做这个的。”

“但是……”

“我也没有不满。其实，我很感谢新渡户先生。光是在他的提携下继续走音乐的道路，就让我觉得很庆幸了。”

慎之介的侧脸看上去很疲倦。他苦笑着，一字一句地编织着自己的心声。

“只不过……我不明白，当初放弃那么多，特地跑去东京真的值得吗？”

对慎之介来说，“那么多”的大部分，一定是茜吧。茜应该也听懂了这句话。葵看着低下头的茜，不禁抓紧了连帽衫的下摆。

“那我可以点一首别的歌吗？”茜微笑着抬起了头。

“什么？”慎之介皱起了眉头。

不过，茜丝毫不受影响，继续说道：“《知晓天空之蓝的人啊》。”

那是葵从来没听过的歌名，然而，慎之介立刻慌了阵脚，连耳根都红了起来。他抬起右手蒙住了嘴，含糊不清地问道：“为什么？”

“我买了慎之的个人出道曲。”

——慎之的个人出道曲……咦？

葵险些发出声音。她完全不知道慎之介单独出道过。无论是茜还是正道，就连慎之介本人也从来没有说起过。

“应该算是黑历史吧……”

慎之介低下头隐藏表情，茜缓缓地朝他一步步走近，像是填补整整十三年的时光一般，一步一步地走上台阶。

“对我来说，这是和《Gandhara》一样喜欢的歌。”

茜笑盈盈地在慎之介身旁坐了下来。“嗯……”慎之介轻声嘀咕，然后注视着茜。

就这样，两人好一会儿都没有说话。附近的树随风沙沙晃动了两次。一片、两片、三片，黄色的叶子落在了葵的脚边。

慎之介仍然一言不发，仰望起了天空，深呼吸着，仿佛将脸伸出水面寻求氧气。他将左手抚在了吉他的指板上。随后，葵便听见了前奏。

慎之介唱起歌了。

茜将手枕在膝盖上托起脸颊，倾听着那首歌。

那羞耻的歌词，真的会让喉咙深处情不自禁地发出不适的声音。

完全不喜欢 恐怖电影和奶糖味的吻

就是如此羞耻的歌词。这首歌里唱的是谁，这是为谁写的歌，实在太过明显，听起来更是羞耻。既羞耻，又非常苦涩。

唱着歌的慎之介本人似乎已经羞耻到了临界点。他猛地站起身来，忽然变换了曲调。

“新渡户团吉风来了！”

他用演歌风格的音调，握着拳头继续唱道。

掉进空虚内心的陷阱 一片昏暗什么都看不见

他对着茜歌唱着。

“什么啊？真是的，认真唱！”茜捧腹大笑起来。

“接下来，是数学界的斋藤风！”

慎之介再次变换了曲调。到底是谁啊？什么数学界的斋藤风？而且，他的咬字方式实在黏腻到令人恶心。然而，茜还在笑。她拍着膝盖，嬉笑着说“肚子好痛”。她摘下眼镜用指尖揉了揉眼角，似乎都笑出了眼泪。

即使停滞了十三年，两人从前累积的回忆，仍然伴随着慎之介的歌声满溢而出。

葵这才想起，眼前这样的情景，不过是当时再平常不过的相处片段。十三年前，她被茜带去祠堂时，常常会看见慎之用胡闹的唱腔逗茜发笑。他模仿一些葵不认识的老师和同学唱歌。即使不认识，葵也会觉得很欢乐。真是一种很幸福的感觉。

能让茜那样笑起来的，只有他。

“哈哈！肚子好痛……真是的，你好好唱歌啦……”

歌曲结束了，茜仍然捧着肚子，喘着气说道。

“果然，感觉很舒服啊。”慎之介再次坐到茜的身旁，注视着前方，“只要和你在一起，我就很放松。”

“咦？”

“我还是回来吧。”

明明声音不是很大，慎之介的话却直接扎进了葵的耳朵。

“反正，现在这份工作也看不到什么未来。怎么说呢？周围的人也渐渐去从事更实际的工作，从而让生活安定下来。我也差不多了，都到这个岁数了。”

——不行。

——不行，不行，不行。

——如果那样的话……

葵几乎快要喊出声了。

——慎之介回到这里，与茜再一次交往……“慎之”就会消失。

踩着落叶的脚底加重了力量，似乎就要推动葵的身体了。她想现在立刻冲去那两人面前，像胡闹的孩子一般跺着脚大喊“不行”。

而茜的声音阻止了她的冲动。

“你怎么这么说？”

茜注视着慎之介，脸上依然带着笑意，声音听起来非常欢快，仿佛枯萎的花朵恢复生机，瞬间又向着天空绽放了一般。

“当今时代，三十出头完全还是年轻人吧？想安定下来也太早了。对于各种各样的事情，我也还没有放弃。”

茜笑着眯起了眼睛，慎之则瞪大了眼睛。

“才刚刚开始。”茜加重语气，坚定地说道，“没错，才刚刚开始，刚刚开始！”说着，她自顾自地点了好几下头。

听着茜昂扬的前进宣言，慎之介的表情一点点绷紧。过了好一会儿，他才小声地说了一句“这样啊”。

“没错没错。”

“也是啊……嗯。”

两人不约而同地望向了天空。天空仍旧阴沉沉的，完全称不上秋日晴空，也不见一丝蓝色。不过，对他们来说，一定看见了晴朗美丽的天空吧。

慎之介将吉他往肩上提了提，走下了台阶。茜用目光追随着他的背影，也静静地站了起来。

“你要回去了吗？”

“嗯，差不多该过去了。”慎之走下最后一级台阶后，在原地稍稍停驻了一会儿。他慢慢地转身看向茜，时间仿佛随之停滞了。

“再见了。”

慎之介说完了不自然的告别话语后，留下茜走远了。他再也没有回头，踏着干燥的落叶，朝露天舞台的方向越走越远。

再见了——葵用干渴到发哑的嗓子，咀嚼着那句话，试图体会蕴含其中的决心与残酷的含义。

茜独自一人再次坐在了台阶上。好一会儿，她只是恍惚地眺望着眼前的风景，肩膀微微颤抖了起来。

茜低下了头，眼泪落在她的眼镜片上。啪嗒啪嗒，落了两滴。

葵隔着这么远，一看也知道她哭了。

茜没有发出声音，只是静静地哭泣着。在父母葬礼上都没有哭的茜哭了。一直以来，无论何时，茜都温柔地微笑着，仿佛戴着面具一般。

忽然，雨滴落在了葵的鼻尖上。

4

傍晚下起了一场大暴雨，整个家里都回荡着雨滴敲击屋顶和雨水槽的声音。

葵躺在客厅的沙发上，看着落在窗户上的雨滴出了神。一滴一滴，不断在透明的玻璃上滑落一道道痕迹。

“茜姐原来还会那样哭啊。”

葵的目光追随着雨滴，她听见自己不经意间如此呢喃。

葵完全不知道。她从未见过茜哭泣的样子。茜究竟是从什么时候开始不哭的呢？她思索着，明明不需要思考答案也很明了。

左脚后跟莫名痒了起来，于是她用指尖去挠了挠。那里似乎被虫子叮过，出现了一个小红点，应该是户外活动时被叮了吧。

没错，比如，在音乐厅的后门那边。

挠一下反而更痒了，葵站起身来。

“茜姐，拿一下止痒……”葵习惯性地呼喊茜，随即陷入了沉默。茜还没从公园回来。葵独自在家，耳边唯有雨水滴答滴答的声音。

没办法，葵挠着痒，走向了厨房。她翻动抽屉，想找抑制蚊虫叮咬的药。以往都是茜替她拿的，所以她并不知道实际放在哪里。

“嗯……真是的……”

葵咯吱咯吱地挠着脚后跟，打开了下方一扇平时不会碰到的柜门。那只用力挠着被叮咬处的手，瞬间停了下来。

那里有一本笔记本。封面上是茜写的字，上面写着“葵之攻略秘籍”“三年级B班相生茜”，还画了一张葵的脸。

“攻略什么啊？”

葵试着翻开了笔记本。

葵讨厌的东西，第二十一个……大葱：特指被煮得黏黏糊糊的大葱。切成小段的葱是没问题的！

梅干要脆脆的才行！

往炒饭里加了些鱼卷，她会吃得超开心！

葵往后再翻一页，那里写着运动会便当的菜单。为了给葵加入喜欢的炸肉饼，还是个高中生的茜反复摸索着做法。

炸肉饼失败了。表皮看起来很漂亮，里面居然只有半熟……油温太难把握了，不过比之前炸焦那次要好。距离正式烹饪还有一周！

炸焦肉饼时的忧愁、内馅儿半熟的不甘、最终攻破炸肉饼的喜悦，茜的喜怒哀乐在字里行间跃动着。

运动会便当菜单的下一页，写着这么一句话：

炸肉饼被葵夸奖，她说好吃！太棒啦!!

葵看着那两个连续的感叹号，脑海里闪过了茜笑盈盈的脸庞。

不仅是料理，里面写的全是关于葵的事情。茜缝制了手帕和工具袋让葵带去学校的事情、给葵扎了某种发型时茜特别开心的心情、最近葵喜欢的某种衣服类型……满满当当，详细到甚至有点啰唆了。

葵感觉呼吸变得困难，吸起了鼻子。

葵很爱吃茜做的炸肉饼。圆圆的炸肉饼的薄脆面衣里，包裹着扎实的肉末和洋葱碎。除此之外，不会额外使用调味料。肉和洋葱有着甘甜的回味，一口咬下去，中心处会溢出油亮的肉汁。葵尤其喜欢刚出锅的炸肉饼，不需要浇酱汁。不过，她也喜欢便当里放凉了的炸肉饼。她喜欢面皮融合酱汁后软糯的口感。

小时候，她常常会悄悄地潜入厨房偷吃茜的炸肉饼，一口叼住刚炸好的肉饼，尖叫着“好烫”，然后整个吃掉。那是最美味的。

“好吃！”

只要葵这么说，茜就会欣慰地笑起来，接着假装抱怨道：“你这么闲，能不能来帮帮忙呀？”

“咦——我才不呢！茜姐最会炸东西了，做菜就该交给擅长的人，听听，连食材都发出欢呼了！”

茜听到葵说出任性的话，也丝毫不生气，只是笑着说“也对”，然后愉悦地继续炸剩下的肉饼。

“说什么不想给她添麻烦啊……”

葵的指尖划过茜写在笔记本里的字。那些都是茜反复摸索做法的痕迹。当时的茜与如今的葵一样不过是个高中生，一字一句，都是她努力的证明。

茜似乎无所不能。料理、清扫、洗濯，样样都能做到完美。原来，她只是看起来无所不能，只是在尽力展现出无所不能的样子。

一切，都是为了葵。

“我……究竟干了些什么啊？”

泪水随雨声落在笔记本上，葵再次抽泣起来。

倾盆大雨里，葵朝祠堂跑去。步履掀起浮在水洼上的落叶，袜子上溅满了泥土，被雨淋湿的手紧紧握着伞柄。

她跑到祠堂门前，将伞随意地抛向一边，推开了门。慎之猛然回过头，一脸震惊。他姿势僵硬，一副正要起身躲藏的模样。

“什……什么啊？原来是阿葵。”慎之松了一口气，扑通一声坐回了地上，“你忘记暗号了吗？暗号！真是吓我……”

“我喜欢慎之。”葵打断慎之的话，如此说道。

他并没有很惊讶。

——为什么？他为什么不觉得惊讶呢？

“啊……”慎之不经意地发出了声音，举起右手按了按眼角，“怎么说，你的心意让我很开心。不过啊，你仔细想想，我可是生灵。”

“闭嘴！”葵叫喊着，用力闭紧了双眼。

——我知道的，你当然会这么说。

“因为慎之的声音太温柔了。拥有这种声音的人，往往会在这种时候说一些安慰或同情的话！”

“咦？”慎之听到葵飞快地倾吐着心声，一时语塞。

“就算说的不是安慰之类的话，慎之的声音也很动听、很温暖，让我觉得……胸口作痛，所以我不想听……”

葵抬起下巴，重新站直，往下看着慎之，深深地吸了一口气。

“总之，先让我……把我想说的话全部说出来。”

听到葵这么说，慎之转了转身体，直接面向她，然后一言不发地等待她说下去。

“我喜欢慎之。不是‘慎之介’，而是此刻在这里的‘慎之’。”

雨声传进室内。雨滴落在祠堂屋顶和树木的枝干上，不规则的声音串联着，听上去宛如一支曲子，勾出了葵心底的话。

“我想一直和你在一起。与其让你回到慎之介的本体里，我更希望你维持现在的样子。”

每组织起一句话，葵的心脏就会一阵阵地抽痛。这些都是不该说出来的话，都是不该祈求的愿望。

不过，慎之没有生气。他非常认真地说道：“阿葵……”

“但是……”趁慎之还没继续说下去，葵再次强硬地打断了他。她把堆积了一肚子的情感，通通倾吐了出来。

“但是，我也超级喜欢茜姐！”

当茜听到慎之介说“再见”时，她居然哭了。

“茜姐还是喜欢着‘慎之介’啊。如果考虑到茜姐的幸福……”

那么，葵应该做的事情只有一件。她只需要完成那一件事——仅此一件。

“但是，那样做的话，慎之就会……”

慎之就会消失，然后和慎之介成为一个整体，和茜一起变得幸福。葵将双手覆在脸上，蹲在地上蜷起身体。

“我真的……不知道该怎么做了。你说，怎么样才好啊？”

慎之没有回答，静静地朝缩成一团的葵伸出了手。他一定想和平时一样温柔地摸摸葵的头吧。

“别碰我！”

慎之停了下来，像一只被训斥的小狗一般，表情也僵住了。

“被摸了头不是会变得越来越喜欢吗？”

“那……那该怎么做啊？”

“慎之也不知道吗？”

“我怎么可能知道？”慎之的神情里一半是困惑，一半是诧异，他从地板上站起来大声说道。葵也跟着站了起来。

“那算了！”葵脚后跟一转，跑出了祠堂。

“等等啊！”慎之叫喊着，然后叫起了葵的名字。

——别叫了。别用那个声音叫我的名字。别叫我“阿葵”。

葵在心里狠狠地斥责他。她穿上鞋，捡起雨伞，径直向外走去了。

“等一等！”

葵一跃溅起了水洼，小腿肚都湿透了。无所谓，如果不快点远离慎之，她会变得不正常。

——可是……

“拜托你了！”慎之的恳求穿过雨声传进葵的耳朵，她不由自主地停住了脚步。

转身一看，慎之仿佛被粘在了祠堂的出入口一般。

“拜托你了，等一下啊。我没办法追上去！”

慎之明知道不可能出去，双手却还是拼命地推着那堵看不见的墙。他敲打着，用额头撞击着。

“就算我想追上你也做不到，只能站在这里看着你走远。”

葵握紧着捡起来的伞，雨滴从脸颊滑落。

“我也一样，完全不知道回到原本的身体里后会发生什么。不过，像这样只能眼睁睁地看着哭得像小孩一样的阿葵走远……”

“我没哭。”葵擦了擦脸，回答道，“没有哭，是雨。”

葵一下又一下地擦着脸，奔跑着离开了。

慎之没有再说任何话。

5

一夜过后，晴空万里，昨天的倾盆大雨仿佛只是一场梦。据今早的天气预报说，明天正式演出时的天气也不需要担心。露天舞台的装潢工作稳步进行着，路边小摊的帐篷也架了起来。

葵刚踏进音乐厅，便看见千佳坐在入口处的长椅上摆弄着手机。她一如既往地朝葵打起了招呼。

“早啊……”

葵紧握着贝斯琴箱的提手，缓缓地垂下了眼睛。她回想起昨天的事情，有些懊恼，又有些羞耻，接着再次看向千佳。

“早上好……”

这语气宛如隔空传话。随后，葵朝千佳走了过去。

“我想说，昨天的事，对不起……”

“咦？”葵刚低下头，千佳就叫了一声，睁大了双眼，“不是不是，没必要道歉吧？我也很嚣张地缠着你不放……”

“但是……”

葵刚想继续说下去，入口处传来了一个男人的叫喊声。那叫喊声在天花板与走廊里回荡着，听上去更吵了。

“不见了！”

是新渡户的声音。不愧是著名演歌歌手，声音的穿透力简直不同凡响，感觉连地板都跟着震动了。

“不见了！”他的叫喊声不但没有停歇，反而越来越响亮。

葵和千佳对视了一眼，一同朝声源走去。她往休息室一瞄，发现新渡户正歇斯底里地翻找着自己的行李。高级的和服从那大大的行李箱里被胡乱地抽出，压在一旁。

光是看着这样的场景就已经能猜出发生麻烦事了。

“老师，什么不见了？”将便当搬来休息室的正道询问道。伴奏乐队的成员们、与正道一起搬便当的茜等在场的人都注视着新渡户，唯独慎之介不在休息室里。

“发生什么了？”正嗣也一边询问着，一边从入口处走了过来。葵与千佳沉默地指了指新渡户的方向。

“吊坠！我一直戴在脖子上的吊坠不见了！”

新渡户六神无主地环顾了一下四周，苦恼万分。

“吊坠是……哦，是那个品味很差的……”千佳如此说道。

“啊啊……”葵恍然大悟，想起了那个吊坠。那个吊坠一直挂在新渡户的胸前，夸张地闪耀着炫目的光芒。看新渡户一脸面临世界末日的表情，她还在想究竟丢了什么，原来是那个吊坠。

“那是我的精神之源。”

新渡户合上行李箱，用力握紧了拳头。

“我在各种各样的地方，从形形色色的人们那里接收到的情感都封存在里面。那个吊坠不在，我就无法唱出寄托于本土歌曲的情怀，更无法唱出演歌的情怀！”

葵似乎想起，他就是以同样的理由，挥霍了市政府的预算经费，游玩了各处景点。葵悄悄地看了一眼茜，果然，她正无奈地笑着。

“之前好像听过这样的台词……”

茜嘀咕着，和葵对上了眼神。葵吓得微微张开了嘴，迅速躲开了她的目光。与此同时，新渡户的经纪人匆忙地闯进了休息室。

“老师，车上也没有。”

新渡户依旧是面临着世界末日的表情，哀叹一声“啊”，然后仰头望起了天花板。没想到这个人陷入困境时，举止也这么夸张。

“您记得最后看见它是什么时候吗？”长号手询问起新渡户。

“啊，说起这个……”经纪人像是想起什么，掏出了手机。看来，他们在市内观光时还没有忘记拍照留念。

葵、千佳与正嗣都饶有兴趣地探起头浏览新渡户一群人四处吃吃喝喝的照片。

“啊，是和铜遗迹。”千佳说道。

那是一处古时候开采铜矿的遗迹，位于市内。在仿造和铜开珍（**注：唐玄宗开元年间流入中国的日本铜钱**）修建的巨大纪念碑前，新渡户左拥右抱着美女的模样被拍了下来。他的脖子上挂着那个吊坠。再仔细看看，原来新渡户的身边正是之前闯入音乐厅的陪酒女们。

“这边是三峰神社吗？”茜指了指手机相册，问道。

那是一座十分气派的古神社。神殿前被陪酒女们围绕着的新渡户，胸前仍然挂着吊坠。

“过于享受了吧，尽是和女人勾肩搭背的照片。”正嗣呆呆地嘀咕道。

“哈哈哈！这正是与当地人的亲密接触！”新渡户笑着蒙混了过去。虽然确实是本地人……但都是陪酒女吧——葵想想还是把话咽了下去。

“从这张开始应该都是昨天的照片了。”经纪人滑动着手机屏幕，飞快地浏览相册。

“啊！”茜忽然叫出声，指向手机，“这张，从这张开始吊坠就不见了！”

昨天明明下着雨，新渡户却去安谷川溪谷郊游了。他站在枫树环绕之处，背对汹涌流淌的河流摆出姿势，胸前已经没有吊坠了。

于是，他们查看起前后的照片，发现新渡户最后一张挂着吊坠的照片，拍摄于某个老旧的隧道前。

“哦，我想起这个隧道了！很有意思吧？虽然被栅栏围住了，但我还是这样一点点穿了过去……”

千佳打断了新渡户愉快的说明，与茜对视了一眼，说道：“就是这里！”

“嗯，确实有一种荒野逃生的感觉，或许是掉在那里了！”新渡户的语气里没有一丝抱歉，仿佛是自己忽然闪过了头绪一般，大笑着说道，“绝对在这个隧道里！”

茜再次看了看隧道的照片，说道：“那我去找吧。”

正道一听，不禁大声地说了一声“咦”。

“老师请继续准备彩排。”

茜离开了休息室。新渡户本人则迅速调整心情，说道：“我们就做我们该做的事吧，已经没空放松了！”说着，他开始了彩排的准备。葵不禁心想，这应该是至今最“轮不到你来说”的状况吧。

“喂，茜，要小心啊！”正道朝茜喊道。葵沉思片刻，然后追着茜跑出了休息室。

茜的吉姆尼就停在建筑物后方的停车场里。她正站在车子前，用手机设定着导航。

“茜姐！”葵心里仍有犹豫，却已经跑到了茜的身边。

“葵，怎么了？”

葵叫住了她，话却哽在了喉咙里。她明明有一肚子想说和必须说的话。

“没什么……”葵笨拙地摇了摇头，“要小心噢……”

“你也是，彩排加油噢。”

听见她终于挤出的一句嘱咐，茜点点头答应了。接着，茜坐进了那辆吉姆尼，驶出遍地水洼的停车场，瞬间不见了。

——我究竟是为了什么才追出来的啊？

葵懊恼着，回到了休息室。

彩排从上午开始，晌午过后进入中途休息。尽管是初次在露天舞台演出，但直到休息时间，慎之介都没出现。不过新渡户和伴奏乐队的成员们都说“慎之介的话，不彩排也没关系”，看来他的实力很受信赖。

“喂，你有没有觉得刚才晃了晃？”千佳握着手机，朝走下舞台的葵问道，“绝对是地震了。”

“有吗？”

“咦，绝对晃动了！”

葵沉浸在演奏中，完全没注意到。正嗣从观众席走来，千佳也问了同样的话。

“有吗？”正嗣也歪起了头。

“嗯……怎么还没推送速报啊？”

葵、正嗣，以及仍在摆弄手机的千佳一同朝音乐厅走去。新渡户的休息室里应该已经准备好了便当。

“咦！”

入口处的自动门一打开，正道的声音便传了过来。他们下意识地停住了脚步，听见正道在入口处附近的小角落打电话。

“好的，我知道了，拜拜。”

听到正道挂了电话，千佳询问道：“发生什么事了？”

“说是日野那一带发生了塌方，观光科得发布一则警告文，要我回去一趟。”

“塌方？”

“据说是在山里，暂时还没确认是重大事故。”

千佳一听，看向葵与正嗣，说道：“对吧，刚才那个晃动果然是地震！”

“毕竟昨天下了很大的雨啊。”

葵的余光瞥见正嗣点了点头。

“日野、塌方……”葵暗自嘀咕起正道刚才说的话，飘荡在脑海中的词汇连接起来，浮现出茜的脸庞。咚——葵被重重一击，仿佛被人狠狠地推了一把。

“日野……茜姐去的那个隧道不就在日野那边吗？”

三人瞬间看向了葵。正道尖叫了一声，脸变得煞白。

“茜……茜姐她……”

听到葵愣愣地重复着这句话，正嗣在一旁呼喊道：“小葵！冷静一点。先联系一下……”

葵听从正嗣的话，从口袋里掏出了手机，试着给茜打电话。

“吱……吱……”

电话那边很快便响起了电流声，连等待接听的提示声都没能听见。是没有信号吗？是没电关机了吗？还是说……

还是说……

“不行！打不通！”

葵仍然把手机按在耳边，慌张地挠起了头发。千佳叫起了葵的名字，语气里充满了担忧，与她平时说话的音色完全不同。

“总之，我先回趟市政府！有什么消息会马上联络，你们就在这边等着吧！”

正道跑了出去。他对姗姗来迟的新渡户一行人说明了情况，再次朝葵他们转过来。

“嗣，接下来就拜托你了！”

听见正道的喊话，正嗣缓缓地点了点头。

葵紧盯着自己的手机，对着那个存储为“茜姐”的电话号码，微微颤抖了起来。

“小葵……”

正嗣注视起葵的脸。她全然不顾，直接朝外面走去。

“等等，相生同学？”

“小葵！”

葵将千佳与正嗣的声音抛在脑后，跑出音乐厅。正道边走边打着电话，葵穿过他身旁，径直朝前跑去。

“葵！你要去哪里啊？等等！”

葵完全不理会正道的制止，继续奔跑着。

——不要。

——绝对不要。

——绝对不要再失去重要的人了。

倘若不跑起来，不做点什么，葵一定会号啕大哭。因此，她片刻也不停地奔跑着。

因为昨天的大雨，这条令人怀念的路此刻湿漉漉的。

慎之介爬上石梯，弯腰穿过小小的鸟居往前走着，脚尖处沾着泥水与落叶的碎片。残留在树叶上的雨滴，一闪一闪地反射着阳光。穿行于那些光芒之间，慎之介渐渐被炫目的感觉笼罩着。

不怪雨滴。对他来说，不管过去多久，这里都是耀眼的地方。

慎之介穿过树林，看见了那座古老的祠堂。他停下脚步，注视起手里的照片。

那是一张在祠堂前拍摄的照片，是慎之介、茜、葵、正道、阿保，以及番场的合照。年幼的葵满脸笑容，被抱在慎之介与茜之间。

现在这副模样，并不是照片中那个慎之介所描绘的未来的自己。因此，他无论如何都不想来到这里。

不过，他还是来了。

慎之介不禁更用力地抓紧了照片。抬头一看，祠堂比他记忆中的模样又老去几分。因为下过雨，这个充满回忆的重要地方，棱棱角角汇集着雨滴，随着流动的云朵，闪耀着变幻的光芒。

就在这时，理应空无一人的祠堂，大门被一把推开了。

“唔……”

一个穿着学生校服的男孩站在那里伸起了懒腰。他手指交叉锁住双臂，一次次地拉伸着，放松全身的肌肉。

“咦？”在松开双臂的一瞬，他注意到了慎之介。

慎之介紧握着照片，那个男孩与照片里的金室慎之介一模一样。

“啊？”语调完全相同的两个声音完美地重合了。

鸟儿从身旁的树枝间飞了起来。挥动翅膀的声音与高昂的鸟鸣，掠过了两人的头顶。

“哦哦……”穿着学生校服的金室慎之介平静地低下了头，“你是来拿‘茜Special’的吗？”

“你怎么……”

——你怎么会知道那个名字？

“那是用打工攒的钱，和茜一起去买的宝贝吉他吧？虽然这么多年一直被丢弃不管……”

听着那充满讽刺的话语，慎之介一抽一抽地皱紧了眉头。

——嗯，是我。这家伙就是高中时的我，那个被叫作“慎之”的、仍然描绘着夸张梦想的我。

慎之介涌起了焦躁的心情，尽管内心仍然怀疑着眼前的情景，却十分肯定眼前的男孩是过去的自己。

“真丢人啊。哪怕没实现梦想，也不至于像这样流离失所吧？”

仔细想想，那时候的执念或执着，的确被毫无保留地遗留在了这里。

“你这种小鬼又懂什么？”

“我也不想懂什么卑鄙大叔的心情。”

——没错。那时候的我，的确会这样想。那时候的我完全不知道社会有多么严苛，现实是多么残忍。那时候的我深信任何困难都能靠自己的力量战胜。那样的我，的确会这样想。社会与现实都不是你想的那么简单，你怎么会知道？好焦躁啊，好恼火啊。我真想就在这里打倒那个自以为懂得一切的你……可是，面对那样的你，我不禁羡慕得不得了。

慎之介咬紧了嘴唇，耳旁传来逐渐接近的脚步声。那是似乎随时会跌倒的匆忙脚步。像是悲鸣又像是抽泣的混乱喘息，逐渐变得清晰。

葵奔跑着，穿过了树林间的坡道。

“慎之！”

——葵呼唤的，一定是祠堂这边的人吧。

慎之介看着站在祠堂出入口处那个高中时的自己，如此想到。

第四章

1

“慎……之介……先生？”

葵愣愣地嘀咕着，双脚仿佛都要陷进泥泞里了。慎之与慎之介，此刻正在眼前对峙着。

“为什么？”

葵来回看了看两人，抖动着肩膀呼吸着。

“发生什么事了，葵？”

慎之问道。葵回过神，跑到两人身旁。

“茜姐她……”

慎之与慎之介立即焦急地看向了葵。

葵仍然没调整好呼吸，费了好大劲才向他们俩解释清楚山体发生塌方，茜正好前往了塌方现场，目前联系不上茜这件事。

“还……还不知道茜姐是不是出事了，阿道正在调查。”

葵没收到正道的联络。

“我想应该没事。不过，联系不上她，总觉得这一块有种很不舒服的感觉。”

葵将手放在了胸口，从刚才开始就觉得这一块冰冰凉凉的，令她产生一种不祥的预感。心跳像粗暴的捶门声一般，无法平息。

“我想应该没事，可是……”

葵提高了音量，与其说是安抚他人，更像是在说给自己听。

“原来是这样，别吓我啊。总之，先等阿道的联络吧。”

慎之介看到葵大喊大叫的模样，有些发愣，不过他挠了挠后脑勺，表情似乎舒缓了一些。

“你怎么这么冷静啊？”

慎之的质问似乎带着刺，朝慎之介抛了过去。

“什么？”

“为什么你还站着不动啊？”慎之的声音更大了，白色的唾沫溅到了脚边，“快去找茜啊！你怎么什么都不做啊？”

“就算我去找也……”

“你这个混蛋！”慎之试图朝慎之介猛扑过去，却被祠堂那堵看不见的墙壁顶了回去。慎之介睁大了眼，不禁往后退了退。

“可恶，你都不去的话要怎么办啊？”慎之用手抵在被撞的额头上，恶狠狠地盯着慎之介，“别让我失望透顶。不是要成为大音乐家，重新夺回茜的心吗？你这个家伙！”

慎之的声音听起来仿佛每一个字都滴着血。

面对没能过上理想生活的慎之介，描绘着盛大梦想的高中生慎之被刺得狼狈不已。

“居然只是伴奏乐队啊……居然还是演歌？也差太多了吧！”

“闭嘴。”慎之介冷静地说道。慎之却没有沉默。

“真丢人，丢人，丢人！简直就像被推进泥沼一样。我将来居然会变成你这样的家伙！”慎之介一步一步地走向慎之。祠堂前的阶梯，微微发出了咯吱的声响。

慎之介紧盯着慎之，眼神如刀尖一般锐利。

“我让你闭嘴！”

慎之介一把揪起了慎之的外套衣领。

“快住手啊！”葵的声音完全被慎之介的怒吼盖过了。

“就算是我，每一天都竭尽全力地试过了！”

明明是相同的声音，慎之介的音色却似乎暗淡一些，充满了疲惫。葵这才注意到，他是如何被现实反复蹂躏活到了现在的。

慎之抓住慎之介的手腕，怒吼着回应道：“啊啊，吉他白长进了啊。能弹到那种程度，想做什么都可以吧？”

一张照片从慎之介的口袋里滑落，掉在了阶梯上。那是慎之、茜、葵、正道、番场、阿保——六个人在这个地方欢笑着的照片。

原来，慎之介一直带着这样的回忆活着啊。

“这个世界讲究的是关系和运气！不是足够强了就会有出路的，你这什么都不懂的小鬼。”

“啊啊，我什么都不知道！”慎之用力地握紧了慎之介的手腕，咒骂一般地说道，“毕竟我没能走出这里啊！”

葵瞬间望向了祠堂的深处。慎之十三年前留下的“茜Special”静静地放在那里。

“慎之……”

也许慎之将那个畅谈梦想的自己，与“茜Special”一同留在了这里，而剩下的东西比梦想沉重多了。他背负着那些如同诅咒的东西，前往了东京。

慎之垂下了眼，轻声继续说道：

“那天，因为茜说不去东京了，我倍受打击。去东京组建乐队、开数不清的演唱会、出道、每天快快乐乐地做音乐，这些虽然都是我的梦想……”

面对睁大眼睛抬起头的慎之，慎之介不禁露怯了。

“但都是以茜在我身边作为前提的。”

所以，慎之才会发誓“成为大音乐家来迎接茜”，从而为自己上了诅咒。究竟过去了多少年呢？他记不得了。他终于发觉，根本没有任何来到东京就能成功的保证。时间却从不停歇，一天二十四小时，一年三百六十五天，人的岁数切切实实地增长着。身处这样的洪流中，就算喘不上气，就算扭伤了脚，就算深知已经无法前行了，也只能挣扎着继续跑。

“那时的我，在心底某个角落，忽然哪里都不想去了，只想永远留在这里。”

慎之径直注视着未来的自己。或许他，对于慎之介来说就是诅咒本身。

“但是，你走出去了。你不是好好地往前走了吗？”这次轮到慎之一把揪起了慎之介的衣领。

“喂，让我那样想吧……我就是你，对吧？既然如此，就让我那样想吧——即使会遇见各种各样不顺心的事情……”

像是玻璃杯里倒满了水，震颤着溢出来那般，慎之的声音逐渐变成了呜咽。

“……将来成为你这样的人或许也不错——让我这样想啊！”

慎之的肩膀随呼吸抖动着。吸气与呼气的声音回荡在祠堂里。葵握紧的拳头，不禁微微地颤抖起来。

“我……”

紧闭双唇的慎之介嘀咕着发出了声音，却没再继续说下去。慎之焦躁地放开了慎之介。

“算了……”慎之撞开慎之介，冲向祠堂的入口，拼命用头撞着那空无一物的地方。

咚！听到沉重的撞击声，葵呐喊着“慎之”，身体不由自主地缩了起来。然而，慎之没有放弃。他用力站稳张开的双腿，双手向前推着那堵看不见的墙，挣扎着，试图离开这里。

“你在做什么？”

瘫倒在地的慎之介愣愣地抬起了头。

“我要走啊！你就像个老头似的永远守在原地叹气吧！”

慎之的脚不受控制地在祠堂地板上滑了一下。那堵唯独困住了慎之的墙依旧纹丝不动。看着用尽全力想要冲出去的慎之，葵下意识地呢喃道：“为什么？”

“虽然我一直停留在这里，”慎之紧紧地咬着牙，“但我对茜的喜欢，会一直保持着！只有这一点，我绝对不会输给你！”

葵慢慢地松开了握在胸前的手，跑上台阶，一把握住慎之的手。

“阿葵？”

“我也一样，不会输的！”她拼尽全力将慎之的手向外拉，“对茜姐的喜欢！”

葵的一只脚抵在稍低一层的阶梯上，用尽全力地拉着。老旧的台阶也摇晃起来，吱吱作响。

慎之介站起身，呆呆地看了过来。“茜Special”立在他身后的椅子上，琴弦震颤着。不仅是琴弦，整个琴身都在咯哒咯哒地震颤着。

将愤怒尘封于体内一般。

忍耐着挫败与忧愁一般。

拼命抑制着，眼泪夺眶而出一般。

即使如此，还是挣扎着要推开门一般。

“茜Special”咯哒咯哒地持续震颤。撞击的声音越来越响。

“不是说不能再接触了吗，阿葵？”

慎之笑着，汗水从额头滑落。葵咬紧了牙齿，抬头望向天空，更用力地抓紧了双手。

“吵死了！”

在叫喊的瞬间，她听见了一个声音。

——啊，这个声音，我曾经听过，是吉他琴弦断开的声音。

绷到极限的琴弦断开了，那尖锐的声音回响至葵的每一根神经。

回过神来，她已经飘在了半空中。

葵仍然望着晴朗的蓝天，缓缓地往下落。她的手仍然抓着慎之的手。慎之的黑色校服、浅色头发，在蓝天的映照下鲜明夺目。

在视野的角落，她发现了慎之的吉他——“茜Special”。吉他同样飘在半空中，仿佛将慎之撞出了祠堂一般。

“好痛！”葵的背部撞在了地面，她发出一声惨叫，双手按住了后脑勺。

葵的眼前伸来一只手，是那只教会她弹贝斯的手。

“没事吧？”

慎之朝葵伸出了手，葵点了点头，抓住那只手，借力站了起来。

“什么啊？”

慎之介来回看着葵、慎之，以及祠堂的深处。原本立在椅子上的“茜Special”，不知何时已经落在了地上。断了的琴弦，如同伸出的手一般朝慎之介的方向舒展着。

与慎之介相反，慎之露出了恍然大悟的表情。

“那么，我们要走了。大叔，你打算怎么办？”

慎之掸了掸衣服上的泥，径直注视着慎之介。

“什么怎……怎么办？”

慎之不再等慎之介的回答，一把抓住葵的手，飞奔起来。

“走了，阿葵！”

葵困惑的声音消失在迎面吹来的风中。

“慎之，跑太快了！”

葵惨叫着，差点绊倒，慎之仍毫不在意地往前奔跑。速度实在太快了，身体仿佛飘起来了一般。

“太慢了，太慢了——”

慎之深深吸了一口气，往腿部注入了更多的力量。他的尾音拉长着，响彻林间。

就在那个瞬间，他的身体真的飘了起来。失去重力的身体变得轻飘飘的。慎之踏在地面的那一瞬，两人摆脱重力的控制，飞了起来。

他们穿过树林，朝鸟居飞去。闭塞感、疏离感、后悔——葵对这座城镇抱有的一切情感全部绽裂开来，碎在半空中，飘舞着。

飞走了。

“啊啊啊——”

二人穿行在树木之间，他们的脸被树梢上残留着的雨滴打湿了。冰冷的雨滴让葵将哽在嗓子眼的惨叫咽了下去。

还以为会降落在鸟居之上，谁知慎之再次跳了起来。他高高地飞着，随即又用脚点了点田野湿润的土地，黝黑的泥土溅在了葵的小腿肚上。

“等着我啊，茜——”

葵毫无抵抗地跟随慎之前行。她用尽全力抓紧了摆脱重力束缚、朝茜飞奔而去的慎之。

太胡来了，这家伙真是太胡来了。虽然以生灵出现的那一刻就足够胡来了，此刻摆脱一切束缚的慎之，更是没有人能阻止了。

“好厉害！这究竟是怎么回事啊？”

慎之踩着电线飞向更高处，愉快地俯视着地面的风景。似乎慎之本人也不太了解自己的力量，如果被甩开就必死无疑吧。葵双手紧紧抓着慎之的手，大喊道：“我还想问呢！”

骤然刮起一阵风，葵紧紧地闭上了双眼。

他们随风飘走，身体一圈又一圈地转动着，葵时不时感受到重力对身体的操控，发出了惨叫。

她战战兢兢地睁开双眼，屏住了呼吸，发现自己已经被风卷到了难以置信的高度。下方的荒川变成了细细一条。河上那座熟悉的桥，如今看起来宛如玩具一般渺小。

慎之盯准其中一点鲜红，朝巴川桥降落。

“我看着那张照片，忽然明白了很多……”

慎之落在巴川桥红色的拱门上，看向了前方。他注视着茜的方向，一字一句，斟酌着说出了口：

“那家伙，想要再一次面对那时为了前进不得不封存在这里的东西。我心中也保留着同样的感情，我们都不想让这份感情只留下后悔。所以，我才会出现在那里。”

慎之拉住葵的手，从桥上一跃而下，然后轻点着荒川的水面飞了起来，再次随风飞向了高空。他的另一只手也伸了过来，葵毫不犹豫地握紧了。

“后悔……我也很明白……”

不知不觉，两人已经到了几乎伸手就能摸到云层的高度。他们被风吹拂着，缓缓降落。

“如果不支持喜欢的人去做想做的事，之后就会一直沉浸在后悔中。我没能支持茜姐，所以很明白……”

她很明白，正因为喜欢，才会一直为此痛苦。

低沉又激烈的风声在葵的耳畔吹拂着。不过，她仍然清楚地听见了自己的声音。明明是从出生起就伴随着自己的声音，认真倾听，用心理解，居然是一件这么难的事情。

“所以，我要支持慎之和慎之介先生。”

——我现在是怎么样的表情呢？是在笑吗？没有笑也可以，但希望至少能将这份决心传达给慎之。

慎之目不转睛地看着葵，用力握紧她的手，将她拉近，然后呼的一声，朝葵的额头吹了一口气。

“什……”

葵不禁松开慎之，双手捂住了额头。

——干什么啊？

葵刚想这样问，忽然感觉上衣的衣领似乎被一只看不见的手揪住了。瞬间意识变得很遥远，回过神来，耳边只剩轰鸣——是身体撞击在空中的声音，是朝着地面、倒立着坠落的声音。

葵张开了嘴，却无法发出声音。似乎是悲鸣吧，声音被困在喉咙深处呜咽着横冲直撞。她的身体被风与重力摆弄着，不停地转着圈。她知道慎之慌张地追了过来，叫着她的名字，像子弹一般飞了过来。

接近荒川了。刚才还很渺小的一座座房子以及房子间连接的道路，逐渐变大起来。这是被山包围的盆地街景。这座城镇如同监牢，困住了试图逃离这里的人们。渐渐地，穿梭其中的人影与车辆的颜色也能看清了。

——原来我生活在这里啊。

葵居然不慌不忙地想起了这种事。

“阿葵！”

慎之径直飞过来，一把抱住了葵的身体。他抱着葵，踩着电线，再次向高空跳了起来。

葵总算从呆滞中清醒过来，慌张地大叫道：

“……干什么啊？”

葵终于发出了声音。她咳了一下，恶狠狠地瞪着慎之。

“据说朝那里吹一口气，小婴儿就会停止哭泣……”

慎之难为情地望向了其他地方。葵看着他为难地噘起了嘴，不禁放松了紧绷的表情。

“什么啊……”

——哎呀，不过，慎之就是这样的家伙。

葵抬头望着逐渐坠落在眼前的天空，嘀咕道:“天空真蓝啊……”慎之不解地歪了歪头。

“一心想离开的地方，原来这么美丽的啊……”

环绕城镇的群山已经完全染上了秋色。多亏昨天的雨，那些色彩被映衬得更加绚烂。街道、山峦、河流、天空，经过雨水的洗刷，都呈现出了明艳的颜色。这座监牢，非常美丽。

“啊，这样啊……”

慎之的眼睛里，映照着蓝天与漫山遍野的红叶。

葵凝视着他左眼里那颗小小的黑痣，微笑了起来。

2

倒在眼前的大树阻断了进入隧道的路。

不止一棵，目之所及，一棵又一棵大树堆叠着，堵住了隧道的入口，仿佛拉起了边界线，将这边的世界与那边的世界分割开来。

大量的沙土与石头滚到了葵的脚边。褐色的污水不断从岩石缝隙里流淌出来。

四周弥漫着某种腐朽的气味，葵越发感觉不安。

“茜姐……”

她嘀咕着，然后听见身后传来了粗暴的喘气声。

转身一看，慎之介正摇摇晃晃地朝她跑来。

“终于找到你了！”

他盯着葵，擦了擦一直滑落到下巴的汗。

“什么啊？居然还飞上了天，太离奇了吧？”

他气喘吁吁地走到了葵的面前。

“我这是在哪里啊？茜在……”

葵一言不发地看向眼前堆积的沙土。慎之介的呼吸仿佛停滞了一般，接着她听见了小声的悲叹。

“喂，该不会……”

慎之介抓住葵的肩膀。葵轻轻吸了口气，慌忙地摇起头来。

“坍……坍塌的只有隧道入口……”

——没事的，茜姐一定没事的。

像是说服着自己一般，葵解释道。

“上面似乎有空隙，慎之从那里……”

葵抬头望向慎之消失的方向。他说有点危险，便把葵放了下来，自己消失在了山体塌陷处的上方。

明明发生了这种事，从树枝缝隙里遥望到的天空却依旧晴朗。湛蓝的天空仿佛正嘲笑着手足无措的葵与慎之介。

“我知道了。”

只听扑通一声，慎之介一脚踩进泥水，开始攀登眼前的沙土堆。他踩着黝黑的泥土，一手抓住了突出的岩石。

“不行啊！没办法预料什么时候会再发生塌方，不会飞的话没办法过去的！”

葵慌忙地从身后抱紧了慎之介，他却没有后退。眼前宽厚的背脊一动不动。

“放开我！茜她！”

慎之介叫喊着。葵也想要呼唤茜，几乎要怒喊出声。她咬牙抑制住自己，用力抱紧了慎之介。

葵的脑海中闪过了茜的面容——茜没有笑，没有生气，也没有哭泣。她被埋在石头和泥土里，不再动弹，不再呼吸。

明明在抵达这里之前，葵都确信茜一定会没事，为什么还会产生茜不在这个世界上的预感呢？

眼泪涌了上来，葵闭紧了双眼。随之浮现的是父母葬礼时的场景。穿着丧服的人们在身边来来往往。葵哭泣着，茜在她身边静静地坐着。她握着葵的手，目不转睛地看着前方。年幼的葵抬起头，茜却不见了。她往左看了看，往右看了看，回头看了看，哪里都找不到她。

——好奇怪,明明我只剩茜姐这一个家人了,她为什么不在呢?她去哪里了啊?

往前一看，本该摆着父母遗照的地方，放着茜的照片。黑色相框里，她正要哭泣的表情上，带着淡淡的微笑。那是悲伤的笑容。尚且年幼的葵不知何时变成了高中生，愣愣地看着茜的遗照。

“茜！”慎之介的呼喊声将葵拉回了现实。他反复叫着茜的名字，固执地往坍塌的沙土上爬。

“我都说不行了！”葵怒喊着，张开腿站好，使劲将慎之介往后拉。

——不行，绝对不行。要是慎之介的身体发生什么意外，茜姐该怎么办？慎之该怎么办？

即使一切假设都以“茜平安无事”为前提，葵还是紧抓着慎之介不放手。

“绝对——不行！”葵的声音忽然哑掉了，今天实在呼喊太多次了。葵咳嗽着，依旧喊着“不行”，竭尽全力压制着慎之介。

就在这时，葵感觉阳光照在了头顶上，她的手忽然无力地放开了执意往上爬的慎之介。

“你们在干什么？”

慎之的声音从上方传来。他的语气，听起来仿佛在和迷失在自家庭院的小狗搭话。

葵循着那个声音，抬起了头。逆光下，她只能辨别出慎之黑色的身影。不过，浮现于蓝天之间的他，双手紧紧地抱着茜。

——是茜姐，茜姐回来了，她平安地回到了我的身旁。

茜注意到葵，扬起了嘴角。茜的脸上还粘着泥土，她顾不上擦拭，看着葵笑了起来。

葵缓缓地放开了慎之介，无力地想就地躺下，恍惚地回过了神。

茜降落在平地上，抽离了慎之的手臂，朝这边跑了过来。她笑着，既没有受伤，也没在哭泣，头发轻盈地飘动着，带着笑意跑了过来。

“茜！太好……”

茜不顾慎之介张开的双臂，径直穿过了他的身旁。“茜……”葵张开嘴发出声音的瞬间，茜大喊着“阿葵”，抱紧了她。

——不好……

葵明明这么想，手臂却很自然地抱紧了茜。

“等等！”

冲劲太大，葵与茜一同倒在了地上。葵的背部蹭在了稍稍湿润的泥土上，肩胛骨附近泛起了疼痛。

“茜姐？好……好重……”

“咦？有点过分了！”茜抬头鼓起了脸颊，却又不禁笑了起来。是熟悉的茜！葵感觉眼泪马上就要夺眶而出，慌忙问道：

“你没事吗？”

“我完全没事，你真爱操心……快看！

茜说着，从口袋里掏出了新渡户的吊坠。那个设计庸俗的万恶之源闪耀着刺眼的光芒。

“发生塌方前找到的。”

说到底都是那家伙的错……葵回想起那个不会察言观色的著名演歌歌手的笑脸，甚至有点想把它一把抛得远远的。

“你说什么呢？大家都很担心你！”

慎之与慎之介站在稍远一点的地方，表情复杂地看着她们。

——至少稍微注意一下我们俩啊。

“对不起，葵！让你担心了！”

茜更用力地抱紧了葵。

“对不起嘛，对不起嘛。”茜重复着，葵不禁耸起了肩。没错，她想起来了，茜一直以来都把她放在第一位，所以才会和慎之介分开。比起最心爱的慎之、与慎之的约定，她仍然选择了葵。

“哎呀，真是的……真是的！”葵紧紧地抱住茜，再次毫无抵抗地被扑倒在地。

茜没有问起任何关于慎之的事情。明明高中时的他就这样出现在了眼前，并且三十一岁的慎之介也在场，她却理所当然地接受了，拥抱着葵。

——他们俩在隧道里说过什么了吧？

葵望着蓝天思索着，莫名感觉很幸福。

“什么？一个人回去吗？”

他们回到茜停下吉姆尼的地方，听葵说要自己一个人回去，慎之介转身诧异地看向了她。

“咦，为什么？四个人坐得下呀。”茜的眼睛睁得圆圆的，指了指吉姆尼的后座。

“不了不了，茜姐的车载四个人太勉强了，我走一走就打车。”

慎之介见状便说道：“那还是我走吧。”葵仍然摇了摇头。

“不用，你们三个人一起走吧。”

葵瞟了一眼疑惑的慎之介，朝茜与慎之使了个眼色。茜不解地歪起了头，慎之却陷入了沉默，一言不发地看向了葵。

“……再见了，慎之。”

听葵这么说，慎之用那只浮现黑点的清澈眼瞳盯着她。再见了——如同寒暄一般的话，说出口时却像咀嚼玻璃一般。越是平淡的告别，疼痛就越发强烈。

慎之默默地点了点头，露出了微笑。

“谢谢你啊，眼瞳之星。”

葵咬牙抑制自己发出声音，独自离开了。她逐渐加快步伐，计算着自己消失在那三人视野中的路程，随即跑了起来。

——没错，我可是眼瞳之星。

葵两下、三下地捶着自己的胸腔，劝说着，鼓舞着，全力跑了起来。

◆◆◆

“奇怪？这家伙睡着了吗？”

慎之介回头看了看后座，只见慎之正舒适地靠在座椅上，闭着眼睛睡着了。

“也好，他刚才累坏了。”

茜看了看后视镜，扑哧扑哧地笑了起来。

“你在隧道里和这家伙说了什么吗？”

茜仍握着方向盘，笑容里有了几分恶作剧的意味，问道：“你想知道吗？”

“我也完全不知道发生了什么。”

“他和我说了不少呢，比如他是慎之的生灵之类的，真是天马行空、不着边际，很有慎之的感觉啊。”

慎之介明明有很多想问的话——这家伙究竟是什么？为什么会出现？之后会怎么样？不过，茜的一句“很有慎之的感觉”，就将那些疑问塞回了心底深处。

“你相信啊？”

“毕竟，他确实就在这里啊。”

“再怎么说，你也太淡定了……”慎之介深深埋进了副驾驶座，双手抱在胸前嘟囔着。

慎之介隐隐约约能听见慎之的呼吸，便下意识地留心听了起来。

居然听起了自己睡着时的呼吸，想一想耳后根就微微发痒。

“我……”

“什么？”

后视镜里映照着慎之的睡颜，慎之介目不转睛地注视着，嘴角舒展开来。与此同时，他握紧了手。胸腔里，属于慎之的温度逐渐复苏。

“我确实认真前行了。”

“咦？”

“不过，各方面都在路上。我想起来了，原来只是还在路上。”

从独自前往东京的那天起，慎之介就有一种停在原地的感觉，甚至会觉得正往后退。他一事无成，唯独岁数增长着，被周围人甩在身后。他清楚地意识到自己赶不上时代了，却还是漫无目的地奔跑着。即使如此，他也完全无法前进，无法再面对自己过去的模样。

他曾想，这就是三十一岁的金室慎之介。

“所以，我也还不想放弃。”

回想起被慎之一把揪起的自己、谩骂发泄的自己，慎之介目不转睛地看向了前方。道路尽头是十三年前自己越过的山，一如既往地耸立在那里。

——我越过了围绕着这座城镇的群山才走了出去。那么，无论多少次，我都能做到一样的事。

“嗯。”

慎之介看着微笑的茜，停顿了一下，接着说道：

“所以，我也不会放弃你。”

话音刚来，慎之介忽然感觉胸口被风拂过。风带着芳香清清爽爽，令人有些晕眩。这种感觉已经阔别多少年了。他如此想着，悄悄地看了一眼后座。

“那是……”

茜的视线游离了一会儿，然后看向了慎之介。她忽然察觉信号灯已经变成了红色，连忙踩下了刹车，手抵在了仪表盘上。慎之介轻轻地点了点头。

沉默着，沉默着，信号灯变回了绿色，茜缓缓地发动了车子。

“你们三个人一起走吧。”

茜摇下变速杆，慢悠悠地嘀咕起来。慎之介察觉她在复述葵的话，便看了过去。

“我才想到，葵现在已经和当时的我一样大了。”

回想起葵走在山路上独自离开的背影，慎之介也轻声感叹道：“是啊，长大了，还是冷冷淡淡的，不过非常率真。”

“率真这一点和慎之很像呢。”

茜补充道，眼睛依旧注视着前方。

慎之介的脑海里，浮现出高中时的茜与四岁的葵离开时的背影。当时才四岁的葵不知不觉已经长大，成为高中生。

与此同时，他与茜已经是成年人了。彼此分离，在这个不只是由梦和理想构成的世界里，度过了十三年。

“井底之蛙不知大海之宽广……”

茜在毕业相册里如此写道，当时的慎之介连直视那一页的勇气都没有。他明白那是茜传达给他的话，却不愿意接收。因为他知道，一旦接收了，他就无法离开这里独自去东京了。

“……却知天空之蓝。”

慎之介从裤子背面的口袋抽出了在祠堂前拍的那张照片。在葵的身旁，茜欢笑着。这十三年，他记不清看了这张照片多少次。照片里的她，一直都是笑着的。

“你喜欢的那句话，我去东京后，才真正理解是什么意思。”

从未跳出过井底的青蛙，不会了解外面的世界，却非常清楚，从井底仰望到的天空是多么蓝、多么美丽、多么令人眷恋。

“真好。不管我说多少遍想吃金枪鱼蛋黄酱饭团，还是只捏妹妹喜欢的海带饭团，这样的茜真好。茜始终把妹妹放在第一位，喜欢上这样的茜，真好。”

茜听着慎之介的话，仍然握着方向盘，一言不发。

慎之介并不想听她说什么特定的话，也不是想听到她的回应。非要说的话，慎之介只是确定了，她就是自己的“天空之蓝”。

“慎之来救我时，也对我说了和你刚才一样的话。”

慎之介还以为会就此沉默着回到缪斯公园，茜却忽然如此说道。听起来，她似乎故意用了难懂的说法。

“要不我下次试着做金枪鱼蛋黄酱饭团吧？将金枪鱼与蛋黄酱混合在一起，再滴一些酱油。加入洋葱似乎也会很好吃，你觉得呢？”茜愉快地说着，慎之介却花了好长时间才理解那些话的真正含义。

“咦？”慎之介缓缓地看向了茜，不禁探出了身子，“你说这些话是……”

他刚要问出口时，突然屏住了呼吸。

后座已经空无一人。慎之不见了。他消失了。

他什么都没有说，甚至没有告别，就消失在了慎之介眼前。

◆◆◆

葵仰望着树枝缝隙里的天空，奔跑着。

她跑着跑着，借着冲劲向上一跃，轻盈浮起的身体中途就随重力变重了。她无法像慎之那样飞上天空。即使如此，她仍然往前奔跑，就算一时失去平衡，也依旧奔跑着。

“啊啊啊啊啊——”

葵呐喊着，一遍又一遍地跳跃着。多么笨拙都无所谓，像这样不顾一切地往前冲，是她现在唯一能做到的事情了。

“我没哭！”

葵挥动着手腕，抬起大腿，张大嘴巴呼吸，调动全身奔跑着。她穿过树林，宽敞的道路在眼前展开。吸气时，一阵仿佛从山顶径直吹下的大风迎面吹来。

这阵风呼的一声把葵的刘海掀了起来。葵睁开眼，站在原地，双手摸了摸额头。触碰到的肌肤有些疼痛，热热的。

——啊，你消失了啊。

这个瞬间，慎之消失了。他守护着茜与慎之介，放下心来，回到了慎之介的本体里。

葵颤抖着肩膀，蹲了下来。她吸了吸鼻子，眼泪从眼角滑落至脸颊，再到下巴，眼看就要落在沥青马路上时，她用力擦掉了。

“我没哭，笨蛋慎之……”

葵咬紧嘴唇站起了来，因为用力过猛，险些仰面倒下去。天空依旧湛蓝，尽管太阳稍稍落下了一些，却依旧非常蓝。

一望无际的蓝。

葵用双手覆在湿润的眼睛上，迈出了脚步。

“啊……天空，蓝得好可恨……”

知晓了这片天空之蓝的自己，能做到什么事呢？

会成为怎么样的人呢？

尾声

两年前的十一月。在缪斯公园的露天舞台一侧，面临着正式演出，葵紧张得浑身僵硬之时，慎之介拍了拍她的肩膀。

“该上场了。”

葵握紧了贝斯的琴枕部分，掷地有声地逞强道：“我知道。”

她抬起头，慎之介在她头上用力一弹。咚！只听一声闷响，葵感觉脑浆仿佛都奔腾了起来。她迅速用右手按住额头，发出疼痛的呻吟。

——干什么啊？

葵刚想抱怨，却看见慎之介咧嘴露出了笑容。

“靠你了，眼瞳之星。”

“慎之……”葵下意识地叫出了声，然后跟着他跳上舞台，满满当当的观众席映入眼帘。

她立刻找到了挥着手的茜。

往后，每次上舞台前，葵都会想起这一天。

“大家好，我们是‘Gandhara’！”

葵走上舞台，朝麦克风如此呼喊道。

与缪斯公园比起来，秩父市内的音乐酒吧的规模要小很多，不过也挤满了人。葵站在乐队成员的最前方，深呼吸了一下。

今天，是她刚到东京就组建的乐队——“Gandhara”凯旋公演的日子。

“又还没签经纪公司，说凯旋公演会不会太夸张了？”正嗣质疑道。

然而，千佳声援道：“这种名号就是要打得越响亮越好！”他们俩今天都在这里负责接待来客。

——对了，话说回来，千佳说她最近开始有些在意正道了，真是不得了啊。正嗣知道她的心思吗？不行，待会还是告诉他吧，顺便鼓励他也要好好加油。

葵在舞台上笑了起来，架好了贝斯。

演奏刚开始，葵就搜寻到了茜的身影。慎之介站在她身旁。他们俩前不久结婚了，不过由于慎之介在东京继续着音乐事业，两人过上了异地新婚这种奇怪的生活。这样真的好吗？这种形式没问题吗？葵不禁陷入了担忧。

不过，算了，他们俩看起来都很幸福。

葵在角落里找到了正嗣、千佳与正道。正道表情有些失落，是因为茜与慎之介就在附近吗？正道随音乐摇摆着，轻轻地挠起肚子，葵看到他这个样子，虽然有些对不起正嗣，但她忽然想支持千佳了。

井底之蛙不知大海之宽广，却知天空之蓝。

——我算是抵达了宽广的大海吗？说不定，我仍然身处井底，一心向往着那广阔的世界而已。我无数次想过要前往东京，要组建乐队，但或许无论走了多远，都从未跳出过那口井吧。

每当想到这里，葵就会学着茜喜欢的那句话，仰望起天空。

身处何处都无所谓，好好注视着天空之蓝吧。阴天也好，雨天也罢，就算被迎面的冷风吹得睁不开眼，也好好回想起天空之蓝吧。

这样，一定能去往任何地方。

后记

二〇一九年六月，我写下了这篇后记。就在前几天，电影版《知晓天空之蓝的人啊》公布了声优人选。

在写这本小说的过程中，每当写到高潮时，我总会思考葵会用怎么样的声音说话，设想慎之一定要帅气地发声。当我看见若山诗音小姐、吉冈里帆小姐、吉泽亮先生、松平健先生的名字时，发自内心地庆幸自己接下了这份工作。

其实，角川书店的责任编辑发来小说版《知晓天空之蓝的人啊》的委托时，我稍稍烦恼了一会儿要不要接。我记得当时是二〇一九年的三月，那时的我为一堆截稿日焦头烂额，明明半颗心在想“再继续增加工作没问题吗”，却还是说出了“请交给我”这句话。

因为当时编辑交给我的企划书上，写着“冈田磨里”这个名字。

《未闻花名》在电视上播放的时候，我正在上大学。

大学时期的我，怀揣着成为小说家的梦想，对冈田小姐描绘的世界观深深着迷。明明是动画里的世界，生活在现实世界的我们并没有作为登场人物身在其中，却仿佛能看见真实的刀刃迎面飞来。我们被刀刃刺中而发出悲鸣，正是冈田小姐笔下的故事告诉我们，要学会受着伤活下去。

如果拒绝了《知晓天空之蓝的人啊》，毫无疑问，五年后、十年后，我都会后悔不已。想到这里，我就接下了这份工作。

更重要的是，在编辑给我看的《知晓天空之蓝的人啊》企划书上，田中将贺先生所设计的角色和冈田小姐所写的剧本，实在是有趣极了。

平日里，我总是拼尽全力地写作，通过小说这种表达形式艰苦奋战着。在小说里，“无法好好前进的人”“无法实现梦想的人”都真实地存在着。

接手小说工作的一个月后，长井龙雪导演绘制的分镜图寄到了家中。大约七百张的分镜图里，葵、茜、慎之、慎之介鲜活地演绎着他们的故事。

那天，我把工作抛到了脑后，埋头看起了那叠厚厚的分镜图。对一个喜爱《未闻花名》的写作人而言，保密阶段的《知晓天空之蓝的人啊》分镜图简直就是宝藏。

为什么这个场景会从这个角度描绘葵呢？

这个场景为什么看不到慎之介的表情呢？

长井导演对这部作品的展现企图，满满地呈现在这由铅笔描绘的分镜图里。我先是将它们收集起来，然后才开始了小说版的写作。

与此同时，我也苦恼着——作为小说家，我能为《知晓天空之蓝的人啊》做些什么呢？

电影版交汇着各个登场人物的视角展开故事。而小说版不同，小说版聚焦于“相生葵”这个内心充斥巨大矛盾的女高中生，穿插

“金室慎之介”这个成年人的视角，推动着故事发展。

第一次读到剧本时，我就想尝试这个结构。在我看来，“小说”这一载体的有趣之处，就在于能够对登场人物的情感与思考进行深度挖掘。

因此，撰写《知晓天空之蓝的人啊》时，我会自主加入一些设定，插入与电影版不同的画面。在这些尝试上，非常感谢给予我许可的各位。

尤其花费心思的是，前往东京的慎之在独居公寓里发誓要实现梦想回去迎接茜的画面。他居住的公寓正对着西武池袋线，透过窗户能看见特快列车红箭号，这是电影版里没有详细设定的方位。

生活在东京的他，何时会回忆起故乡，何时会想起自己要实现的梦想呢？正当我如此思索时，红箭号便浮现在我的脑海中。

其实，学生时期的我曾经在西武线沿线的地方居住过。我怀揣着小说家的梦想背井离乡。初次独居，便是在埼玉县的所泽市。每天晚上，我打工结束后走在回家的路上，红箭号都会从我身旁飞驰而过。

我记得，当我独自一人走在回家路上，脑海里总会盘旋着特别多的念头。今天那件事没做好啊，要是那样做就好了……想着想着，烦恼就越发膨胀，甚至会考虑起一些干着急也没用的事——

“这样下去，我究竟能不能成为小说家啊？”

红箭号毫不拖泥带水地朝我的前方驶去。我下意识地盯着那灰色的车体。

每当我一手举着分镜图，描写着慎之，总会回想起红箭号。我想，说不定他也和我一样，盯着那条环绕灰色车体的红线，确认自己应该前进的道路在哪里。

描写这个画面的瞬间，高中生的慎之与三十一岁的音乐人金室慎之介就紧紧地联系在了一起，为我展开了故事的后半篇章。

看到这篇后记的大家，想必已经阅读完这本书了吧。还是说，打算先看完后记再开始阅读呢?

已经阅读完本书的各位，觉得小说版《知晓天空之蓝的人啊》怎么样呢?

即将开始阅读的各位，在与电影版稍有不同的世界里展开的《知晓天空之蓝的人啊》，如果能让您沉浸其中，作为执笔作者的我将非常幸福。

最后，感谢角川书店的K编辑。谢谢您提供这次机会，让我能够参与到学生时期就非常喜爱的超平和Busters的作品之中。

初次向我展示《知晓天空之蓝的人啊》企划书的那天，您对我说:“我想知道写下《如果石井加奈子露出了笑容》的额贺小姐创作的《知晓天空之蓝的人啊》会是怎么样的。”多亏了您的这句话，我才鼓起勇气接下了小说版的工作。

井底之蛙不知大海之宽广，却知天空之蓝。

真是一句很棒的话啊。知晓天空之蓝的人，究竟能做什么呢？会去往哪里呢？读到这句话时，仿佛就能看见宽广无垠的蓝天。

真希望有一天，能与阅读这本书的各位，在那样的蓝天下再次相见。

额贺 澪

本书是参考动画电影《知晓天空之蓝的人啊》剧本改编的作品。

原作名：《小説　空の青さを知る人よ》，作者：額賀　澪，原作：超平和バスターズ，原版设计：大原由衣
Novel SORA NO AOSAOSHIRUHITOYO

著作版权合同登记号：01-2020-2297

图书在版编目（CIP）数据

知晓天空之蓝的人啊 / (日) 额贺澪著；(日) 超平和Busters原作；千早译. -- 北京：新星出版社, 2020.7（2023.5重印）
ISBN 978-7-5133-4070-0
Ⅰ. ①知… Ⅱ. ①额… ②超… ③千… Ⅲ. ①长篇小说－日本－现代 Ⅳ. ①I313.45
中国版本图书馆CIP数据核字（2020）第103710号

本书为引进版图书，为最大限度保留原作特色，尊重作者写作习惯，酌情保留了部分外来词汇。特此说明。

知晓天空之蓝的人啊

［日］额贺 澪 著；［日］超平和Busters 原作；千早 译

责任编辑：汪　欣
特约编辑：邱建菲
责任印制：李珊珊
装帧设计：何晓静

出版发行：新星出版社
出 版 人：马汝军
社　　址：北京市西城区车公庄大街丙 3 号楼　100044
网　　址：www.newstarpress.com
电　　话：010-88310888
传　　真：010-65270449
法律顾问：北京市岳成律师事务所

读者服务：010-88310811　service@newstarpress.com
邮购地址：北京市西城区车公庄大街丙 3 号楼　100044

印　　刷：凸版艺彩（东莞）印刷有限公司
开　　本：890mm × 1240mm　1/32
印　　张：5.5
字　　数：112千字
版　　次：2020年7月第一版　2023年5月第十一次印刷
书　　号：ISBN 978-7-5133-4070-0
定　　价：35.00元